ASCENSEUR POUR LA PEUR

Titre original : *A Series of Unfortunate Events - THE ERSATZ ELEVATOR*

Loi n° 49956 du 16 juillet 1949 sur les publications destinées à la jeunesse.
ISBN 978-2-09-252486-2

LES DÉSASTREUSES AVENTURES DES ORPHELINS BAUDELAIRE

ASCENSEUR POUR LA PEUR

Lemony Snicket

Illustrations de Brett Helquist

Traduction de Rose-Marie Vassallo

Nathan

Pour Beatrice

Ma vie a commencé
le jour où je t'ai rencontrée.
– Un battement d'ailes plus tard,
la tienne s'est achevée.

NOIR

Chapitre I

Quelle est la différence, au juste, entre *inquiet* et *anxieux* ? Si cette grave question vous angoisse, le livre que vous avez en main est l'un des deux ouvrages au monde pouvant vous apporter la réponse.

L'autre est évidemment le dictionnaire.

À votre place, je lirais plutôt le dictionnaire.

Tout comme ce livre-ci, le dictionnaire vous apprendra qu'être *inquiet*, c'est éprouver de la crainte mêlée d'incertitude ; être *anxieux* revient à peu près au même, mais en plus fort encore, avec un net sentiment de danger. Inquiet, vous pouvez l'être, par exemple, au moment de servir à vos amis votre célèbre crème caramel, parce que vous vous demandez soudain si c'était une bonne idée d'y ajouter, pour changer un peu, quelques escargots à l'ail. Mais si c'est un alligator entier que vous servez, et si, en vérifiant la cuisson, vous le trouvez encore frétillant, vous serez plutôt anxieux – l'incertitude étant de savoir qui va dîner, pour finir.

Cette nuance, sans me vanter, apparaît clairement dans le présent ouvrage. Mais le dictionnaire offre l'avantage de contenir aussi des mots agréables. *Vacances*, par exemple. Ou encore *roller*, *arc-en-ciel*, ou même des mots comme *le*, *jugement*, *condamnant*, *l'*, *auteur*, *a*, *été*, *déclaré*, *nul*, qui composent une phrase plaisante à l'oreille. Si vous lisiez le dictionnaire, rien ne vous interdirait de sauter les mots rabat-joie comme *abominable*, *incendie*, pour ne lire que les passages garantis sans nuit blanche ni oreiller détrempé.

Malheureusement, ce livre n'est pas le dictionnaire. Nulle part dans ces pages vous ne trouverez les mots *vacances* ou *roller*, et nulle part non plus, hélas pour moi, il n'est question de jugement déclaré nul. À la place, et à mon regret, vous trouverez des mots pénibles comme *hanté*, *machination*, des expressions lugubres comme *pris au piège*, *comte Olaf déguisé*, sans parler de termes si navrants que je n'ai pas le cœur de les écrire déjà.

Bref, si j'étais vous, je remettrais ce livre sur l'étagère et j'irais me pelotonner dans un coin avec le dictionnaire à la place. Et je ne lambinerais pas, parce que les mots détestables vont faire leur entrée sous peu.

– Vous voilà bien silencieux, dit Mr Poe aux enfants. Vous n'êtes pas inquiets, j'espère ?

Mr Poe était le banquier chargé des orphelins Baudelaire depuis la disparition de leurs parents dans un terrible incendie. Mr Poe, il m'en coûte de le dire, n'avait jusqu'alors guère brillé à la tâche. Les trois enfants savaient qu'on ne pouvait compter sur lui que pour une chose : tousser dans son grand mouchoir blanc. D'ailleurs, à peine eut-il achevé sa phrase qu'il tira de sa poche le mouchoir en question et y étouffa une quinte de toux.

Cet éclair de coton blanc était à peu près tout ce qu'on distinguait, sur ce trottoir, tant il faisait sombre. Les orphelins et Mr Poe longeaient un immeuble interminable, quelque part sur le boulevard Noir, dans un quartier huppé de la ville. Ils venaient de s'arrêter, nez en l'air, pour tenter de repérer où ils étaient.

Le boulevard Noir ne se trouvait qu'à cinq ou six rues de l'avenue où s'était naguère dressée la demeure Baudelaire, et pourtant les trois enfants n'y avaient encore jamais mis les pieds. Ils avaient toujours pensé que « boulevard Noir » n'était qu'un nom comme un autre, qui ne signifiait rien de spécial – pas plus qu'une « avenue Mozart » ne signifie que Mozart y habite, ni une « rue des Mûriers » qu'on y cueillerait de quoi faire une tarte. Mais ce jour-là ils découvraient que « boulevard Noir » était beaucoup plus qu'un nom. C'était une description fidèle.

À intervalles réguliers, le long des vastes trottoirs, fusaient des arbres géants tels que les enfants n'en avaient encore jamais vus – et dont à vrai dire ils voyaient peu, hormis des troncs en piliers de cathédrale, noirs comme l'ébène et hérissés d'épines. Au-dessus de leurs têtes pendaient de lourdes branches, garnies de larges feuilles épaisses. Ce plafond bas bloquait le jour, si bien qu'en plein après-midi on se serait cru au crépuscule – un crépuscule vert bouteille.

Pour trois orphelins hors du nid, au seuil de leur nouveau logis, on pouvait rêver meilleur accueil.

– Vous n'avez aucune raison d'être inquiets, reprit Mr Poe, renfonçant son mouchoir dans sa poche. J'admets que, jusqu'ici, certains de vos tuteurs nous ont causé du souci, mais je mettrais ma main à couper que Mr et Mrs d'Eschemizerre vont vous offrir un foyer parfait.

– Oh ! on n'est pas inquiets du tout, dit Violette. On est bien trop anxieux pour être inquiets.

– Inquiétude, anxiété, c'est du pareil au même, décréta Mr Poe qui n'y connaissait rien.

Et qu'est-ce qui vous rend donc si anxieux ?

– Le comte Olaf, évidemment, répliqua Violette.

À quatorze ans, l'aînée des Baudelaire était bien sûr la mieux placée pour donner la réplique aux adultes. C'était aussi une inventrice-née, et, si elle n'avait été rongée d'anxiété, parions qu'elle aurait noué ses cheveux d'un ruban afin de se dégager le front et de réfléchir au moyen d'éclairer un peu l'endroit.

– Le comte Olaf ? dit Mr Poe d'un ton qui balayait l'idée. Cessez donc de penser à lui. Jamais il n'ira vous chercher ici.

Les trois enfants étouffèrent un soupir. Le comte Olaf avait été leur premier tuteur – la première trouvaille de Mr Poe –, un triste sire à l'âme aussi noire que le boulevard du même nom. Il avait les sourcils soudés en un long sourcil unique, un œil tatoué sur la cheville gauche, et deux grandes mains jaunes qui ne rêvaient que de s'emparer de la fortune Baudelaire, l'héritage que devaient toucher les enfants à la majorité de Violette.

Les trois orphelins, non sans peine, avaient convaincu Mr Poe de les tirer des griffes de ce malfrat, mais depuis lors il les pourchassait assidûment, mot signifiant ici : « toujours et partout, inventant des stratagèmes diaboliques et se cachant sous divers déguisements dans l'espoir de duper les trois enfants ».

– Cesser de penser au comte Olaf, c'est difficile, vous savez, dit Klaus en retirant ses lunettes pour vérifier si, d'aventure, il n'y verrait pas plus clair sans elles. N'oubliez pas qu'il tient prisonniers deux de nos condisciples de Prufrock.

À douze ans et demi, Klaus avait tant lu qu'il lui arrivait d'employer des mots un peu rares comme « condisciple », qui n'est guère qu'un terme savant pour dire : « camarade de classe » (même si Klaus ne l'employait pas pour faire savant).

Les condisciples en question étaient les triplés Beauxdraps, avec qui les enfants Baudelaire s'étaient liés en pension : Duncan, reporter-né, qui notait dans un gros carnet tout ce qui lui semblait digne d'intérêt ; et Isadora, poétesse-née, qui notait dans un gros carnet les vers que l'inspiration lui soufflait. Le troisième triplé Beauxdraps, Petipa, avait péri dans un incendie avant que les enfants Baudelaire n'aient eu l'occasion de le rencontrer, mais ils avaient toutes les raisons de penser qu'il aurait fait un excellent ami, lui aussi.

Tout comme les enfants Baudelaire, les jeunes Beauxdraps étaient orphelins : leurs parents avaient disparu dans le même incendie que leur frère. Et, tout comme les enfants Baudelaire, ils étaient les héritiers d'une fortune considérable sous forme de joyaux rarissimes, les fabuleux saphirs Beauxdraps. Mais, contrairement aux enfants Baudelaire, Isadora et Duncan étaient tombés aux mains du comte Olaf. Alors même qu'ils venaient de découvrir un terrible secret le concernant, le comte les avait kidnappés, sous les yeux horrifiés de Violette, Klaus et Prunille.

Depuis cette tragique journée, les trois enfants se rongeaient les sangs au point d'en perdre le sommeil. Sitôt qu'ils fermaient les yeux, ils revoyaient la longue limousine noire qui avait emporté leurs amis, et ils entendaient encore Duncan leur crier, par la portière, un indice concernant le fameux secret :

V.D.C. ! avait lancé Duncan. V.D.C. !

Et les enfants Baudelaire, depuis lors, se tracassaient jour et nuit. Ils se tracassaient pour leurs amis, ils se tracassaient au sujet de ces initiales énigmatiques, V.D.C.

– Et pour vos amis non plus, il ne faut pas vous tracasser, affirma Mr Poe, sûr de lui. Plus pour très longtemps, en tout cas. Je ne sais si vous avez jeté un coup d'œil, ce mois-ci, à la *Gazette du comptoir d'escompte Pal-Adsu*, mais elle contenait une excellente nouvelle concernant les jeunes Beauxdraps.

– Gavou ? demanda Prunille.

Prunille était la benjamine du trio, et la plus petite aussi : à peine plus grosse qu'un salami (un salami entier, pas une tranche), taille d'ailleurs tout à fait dans la norme pour son âge. Moins dans la norme étaient ses dents, dont on ne voyait encore que quatre, aussi tranchantes et robustes que celles d'un castor adulte. Prunille possédait un riche vocabulaire, quoique un peu particulier. Par exemple, « gavou » signifiait : « Ah bon ? Isadora et Duncan ont été retrouvés sains et saufs ? »

Violette traduisit pour Mr Poe.

– Mieux que ça ! répondit le banquier. Je viens d'être promu une fois de plus. Me voici sous-directeur, chargé du Service des Orphelins. Autrement dit, en plus de vos affaires, je gère également celles des jeunes Beauxdraps. Je vous promets de consacrer toute mon énergie à la recherche de vos amis et de les ramener bientôt sains et saufs, ou je ne m'appelle pas…

Les enfants attendirent, patients, qu'il eût fini de tousser dans son mouchoir blanc.

– … ou je ne m'appelle pas Poe. Tenez, là, par exemple, sitôt que je vous aurai déposés, je pars en hélicoptère pour des monts reculés, où il semblerait que les jeunes Beauxdraps aient été repérés dans un nid d'aigle. Durant cette quinzaine, sans doute, je serai pour ainsi dire injoignable, mais je vous appellerai dès mon retour… Et maintenant, voyons, voyons… L'un de vous pourrait-il me dire le numéro de cet immeuble ? Il fait si sombre, je n'arrive pas à le lire.

– On dirait bien 667, déchiffra Klaus, clignant des yeux dans la nuit verte.

– En ce cas, nous y sommes, déclara Mr Poe. Mr et Mrs d'Eschemizerre habitent au tout dernier étage du 667, boulevard Noir. Appartement de grand standing, avec terrasse et vue panoramique… Bon, la porte est par ici, je pense.

– Non, par là, grinça une voix éraillée, quelque part dans la pénombre.

Les enfants eurent un petit sursaut et, se retournant, distinguèrent vaguement un grand manteau surmonté d'un grand chapeau – l'un et l'autre trois fois trop grands pour leur propriétaire. Les mains disparaissaient dans les manches et seul un bout de menton pointait sous le rebord du chapeau. Le tout formait un ensemble sombre, si sombre que, pour le voir, il fallait savoir qu'il était là.

– Presque tous nos visiteurs ont du mal à trouver la porte, reprit la voix. C'est bien pourquoi il a fallu engager un portier.

– Excellente initiative, approuva Mr Poe. Enchanté. Je suis Mr Poe et j'ai rendez-vous avec Mr et Mrs d'Eschemizerre chez qui je dois déposer ces enfants.

– Exact, dit le portier. Ils m'ont prévenu de votre arrivée. Entrez.

Il ouvrit la grande porte de l'immeuble et introduisit ses visiteurs dans un hall d'entrée au moins aussi obscur que la rue. Pour tout éclairage, quatre ou cinq bougies trouaient la pénombre, si chichement que les enfants n'auraient su dire si ce hall d'entrée était vaste ou pas plus grand qu'un timbre-poste.

– Bon sang, commenta Mr Poe, il fait bien sombre, ici ! Vous devriez demander au syndic de faire quelque chose pour mieux éclairer cette entrée.

– Impossible, assura le portier. Ces temps-ci, le noir est *in*.

– Le noir est quoi ? demanda Violette.

– *In*. Branché. Dernier cri, expliqua le portier. C'est comme ça, par ici : une poignée de gens chics décident de ce qui est *in* – à la mode, ou à la page, si vous aimez mieux. Tout le contraire de *out* – ringard, démodé. Et ça change sans arrêt. Par exemple, voilà moins de quinze jours, le noir était *out* et la lumière *in*. Vous auriez vu le quartier, mes aïeux ! Il fallait des lunettes de soleil jour et nuit, tellement ça faisait mal aux yeux.

– Le noir est *in*, vous êtes sûr ? s'informa Mr Poe. Il va falloir que je dise ça à ma femme. Bien. En attendant, pourriez-vous nous indiquer l'ascenseur, s'il vous plaît ? Mr et Mrs d'Esche-mizerre habitent au dernier étage, je ne tiens pas à monter là-haut par l'escalier.

– Alors là, pas de chance, annonça le portier. Parce que c'est ce que vous allez devoir faire. Il y a bien des portes d'ascenseur ici, sur la gauche, mais elles ne vous seront d'aucune utilité.

– Ah ? s'écria Violette, l'ascenseur est en panne ? Je peux y jeter un coup d'œil, si vous voulez. Je m'y connais pas mal en mécanique.

– Merci, dit le portier. C'est une offre gentille et très inhabituelle, mais l'ascenseur n'est pas en panne. Il est *out*, tout simplement. Les gens du quartier ont décidé que les ascenseurs étaient *out*, et les ont tous fait fermer. Cela dit, les escaliers sont *in*, donc pas de problème pour gagner les étages. Que je vous montre par où on y accède…

Le portier ouvrit la voie jusqu'au fond de l'entrée sombre et les enfants eurent un petit choc. Là, un escalier en colimaçon s'élançait à l'assaut des hauteurs, une rampe métallique en spirale bordant ses marches de bois. Toutes les cinq ou six marches tremblotait une flamme de bougie, si bien que l'escalier ressemblait à une longue guirlande clignotante, enroulant à l'infini des lumignons de moins en moins vaillants autour d'une trouée noire centrale.

– Jamais rien vu de pareil, marmotta Klaus.

– On dirait le fond d'un puits plutôt qu'une cage d'escalier, murmura Violette.

– Spline ! assura Prunille, autrement dit, en gros : « Ou les profondeurs infinies du cosmos ! »

Mr Poe se renfrogna.

– Ça m'a l'air bien long, à pied, comme grimpette. (Il se tourna vers le portier.) Combien d'étages compte cet immeuble ?

Le portier haussa les épaules sous son manteau trois fois trop grand.

– Me rappelle jamais. Je dirais quarante-huit, mais c'est peut-être bien quatre-vingt-quatre.

– Je ne savais pas qu'on faisait des immeubles résidentiels aussi hauts, dit Klaus.

– Bref, trancha Mr Poe, que ce soit quatre-vingt-huit ou quarante-quatre, je n'ai tout simplement pas le temps de vous accompagner là-haut… Vous allez devoir monter seuls. Vous transmettrez mes salutations à Mr et Mrs d'Eschemizerre.

– Monter seuls ? répéta Violette.

– Encore heureux, vous n'avez pas de bagages, fit valoir Mr Poe. Mrs d'Eschemizerre avait bien insisté. « Inutile qu'ils apportent leurs vieilles affaires ici », elle me l'avait dit et répété. Je comprends, maintenant : c'était pour vous éviter d'avoir à traîner vos valises là-haut.

– Vous ne venez vraiment pas avec nous ? insista Klaus.

– Je n'en ai pas le temps. C'est aussi simple que cela.

Les enfants Baudelaire s'entre-regardèrent. Ils savaient fort bien – et vous aussi, sans doute – qu'il n'y a aucune raison particulière d'avoir peur du noir. Mais n'avoir aucune raison de craindre une chose n'interdit pas d'aimer mieux éviter la chose en question. Et les enfants ne tenaient pas à gravir seuls cet escalier sombre, dont la spirale de vertige se perdait dans les ténèbres.

– Cela dit, reprit Mr Poe, si vous avez peur du noir, tant pis, je peux retarder mes recherches pour retrouver les jeunes Beauxdraps et vous accompagner là-haut.

– Oh non ! s'empressa de dire Klaus. Non, nous n'avons pas peur du noir. Retrouver nos amis est bien plus important.

– Obog, fit Prunille, incertaine.

– Essaie de grimper à quatre pattes aussi longtemps que tu pourras, lui répondit Violette, et après ça nous nous relaierons pour te porter, Klaus et moi. Au revoir, Mr Poe.

– Au revoir, les enfants. Et n'oubliez pas, au moindre problème, vous pouvez toujours me contacter au Comptoir d'escompte Pal-Adsu. Ou, en attendant mon retour, joindre l'un de mes associés.

– Bon courage, les enfants ! dit le portier, tournant les talons pour raccompagner Mr Poe à la porte. Et surtout, rappelez-vous : dans la vie, il y a des hauts et des bas ; mais là, vous allez nettement vers un haut !

Les orphelins l'entendirent pouffer tandis qu'il redisparaissait dans l'ombre, et ils gravirent bravement les premières marches.

La petite plaisanterie du portier ne les faisait pas rire du tout, ils se tracassaient beaucoup trop. Ils se tracassaient en pensant au comte Olaf, qui pouvait fort bien réapparaître à tout moment. Ils se tracassaient en pensant aux enfants Beauxdraps, qui pouvaient fort bien ne plus jamais réapparaître. Et, tout en s'attaquant à l'interminable escalier, ils se tracassaient aussi en pensant à leurs nouveaux tuteurs. Ils essayaient d'imaginer qui donc habitait là-haut, sur une avenue aussi sombre, dans un immeuble aussi sombre, en haut d'un escalier sombre, au bout de quarante-huit ou quatre-vingt-quatre volées de marches sombres.

En tout cas, ils avaient peine à croire que leur vie allait vers un haut dans un endroit aussi piètrement éclairé. Oui, ils avaient peine à croire, en entamant leur grimpée aux chandelles, que cette ascension allait les mener vers les sommets du bonheur.

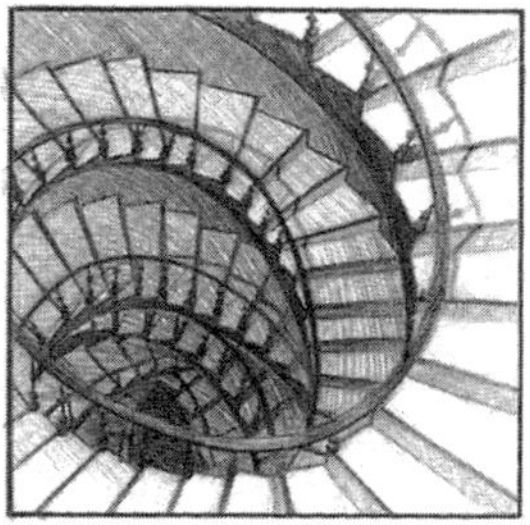

Chapitre II

Afin de vous faire une idée bien nette de ce que fut, pour les enfants Baudelaire, la longue ascension de l'escalier du 667, boulevard Noir, je suggère que vous lisiez ce chapitre les yeux fermés. La lueur des maigres bougies posées au sol de loin en loin était si pâlotte, en effet, que les enfants avaient beau écarquiller les yeux, il leur semblait gravir ces marches en aveugle.

Chaque spire de la longue spirale s'achevait sur

un palier, au fond duquel on devinait des portes – porte de l'appartement de l'étage et double porte de l'ascenseur. Pas un son ne se faisait entendre, bien sûr, du côté de l'ascenseur, celui-ci étant condamné. En revanche, toutes sortes de bruits s'échappaient des appartements. Au septième étage, par exemple, les orphelins sursautèrent lorsque deux hommes éclatèrent de rire, comme si l'un d'eux venait d'en raconter une bien bonne. Au douzième, ils perçurent des clapotis, sans doute quelqu'un qui prenait son bain. Au dix-huitième, ils entendirent une voix de femme déclarer : « Eh bien ! qu'ils mangent de la brioche ! » avec un accent étranger.

– Je me demande ce que les gens entendront aux portes du dernier étage, dit Violette, maintenant que nous allons y habiter.

– J'aimerais qu'ils entendent tourner des pages, dit Klaus. Peut-être que Mr et Mrs d'Eschemizerre ont des tas de livres passionnants.

– Et moi, j'aimerais qu'ils entendent un bruit de clé à molette. Peut-être que Mr et Mrs d'Eschemizerre ont des tas d'outils en tout genre, qu'ils me permettront d'emprunter.

– Criff ! dit Prunille en contournant prudemment, de sa démarche de chiot, une bougie larmoyante.

Violette baissa les yeux vers sa petite sœur.

– Oh ! pour ça, je ne m'en fais pas trop. De quoi ronger, en général, tu trouves… N'oublie pas de nous prévenir quand tu voudras qu'on te porte.

– Pfff ! fit Klaus en s'appuyant à la rampe. C'est moi qui aimerais bien qu'on me porte, oui ! Je commence à avoir les pattes en compote.

– Moi aussi, un peu, admit Violette. Pas comme si on était rouillés, pourtant, après tous ces tours de piste qu'Olaf nous a fait faire au collège ! Au fait, on est à quel étage, là, maintenant ?

– Aucune idée. Je n'ai pas compté, et les paliers ne sont pas numérotés.

– Tant pis, décida Violette. De toute façon, pas moyen de se tromper ; comme c'est au dernier étage, aucun danger de monter trop haut. Quand l'escalier s'arrêtera, on sera arrivés, voilà tout.

– Trop bête que tu ne puisses pas inventer un truc pour nous transporter là-haut.

Violette sourit – sourire invisible dans l'obscurité.

– Ce truc-là a déjà été inventé, je te rappelle. Il y a longtemps. Il s'appelle un ascenseur. Mais les ascenseurs sont *out*, tu sais bien.

– Et les ampoules sont *in*, dit Klaus, souriant dans le noir à son tour. Mais seulement les ampoules aux pieds.

– Tu te souviens, reprit Violette, de la fois où nos parents avaient couru les Onze Kilomètres du Onzième ? Ils avaient les pieds tellement en bouillie, en rentrant, que papa avait préparé le dîner assis par terre !

– Et on n'avait mangé qu'une salade, parce qu'aucun d'eux n'avait plus la force de se traîner jusqu'au fourneau.

– Oui. Ça aurait fait un menu parfait pour tante Agrippine, dit Violette, repensant soudain à leur séjour au-dessus du lac Chaudelarmes[1]. La pauvre !

---

1. Voir le tome III, *Ouragan sur le lac.*

Tu te souviens de sa sainte terreur que le fourneau explose ?

– Poufflim, fit Prunille d'une petite voix triste. Autrement dit : « Et pourtant, ce n'était pas le fourneau qu'elle aurait dû craindre. »

– C'est vrai, reconnut Violette.

Mais sa voix fut entièrement couverte par un éternuement explosif, de l'autre côté d'une porte.

– Je me demande bien à quoi ressemblent les d'Eschemizerre, s'avisa Klaus.

– Ils ne sont pas sur la paille, en tout cas, pour habiter boulevard Noir, dit Violette. Surtout au dernier étage.

– Akrofil, dit Prunille, autrement dit : « Et pas sujets au vertige, non plus. »

Klaus baissa les yeux vers elle.

– Tu as l'air un peu fatiguée, Prunille. Violette et moi, on va te porter, maintenant. À tour de rôle. Trois étages chacun, d'accord ?

Violette acquiesça en silence, puis elle se souvint qu'on ne la voyait pas et confirma à voix haute :

– D'accord.

Ils continuèrent de monter, et je suis au regret de dire que chacun des aînés Baudelaire vit revenir bien des fois son tour de porter Prunille. S'ils avaient gravi un escalier de hauteur normale, je pourrais me contenter d'écrire : « Ils gravirent des marches et des marches » et j'en aurais terminé. Dans le cas présent, il me faudrait écrire : « Ils gravirent des marches et des marches et des marches et des marches et des marches et des marches et des marches et des marches », le tout sur au moins quarante-huit lignes – si ce n'est quatre-vingt-quatre – avant de les faire déboucher sur le tout dernier palier. Mais ce serait à mourir d'ennui.

De temps à autre, ils croisaient une ombre qui descendait, mais ils étaient trop fatigués pour dire bonjour – et, plus tard, bonsoir – aux autres usagers de l'escalier. Ils commençaient à avoir faim. Ils commençaient à avoir mal partout. Ils commençaient à se lasser de poser les yeux sur les mêmes bougies, les mêmes marches, les mêmes portes.

Pour finir, alors qu'ils n'en pouvaient plus, ils posèrent les yeux sur une bougie de plus, une marche de plus, une porte de plus… et, après cinq étages encore, l'escalier prit fin sans prévenir. Les trois enfants exténués se retrouvèrent sur un palier éclairé d'une dernière bougie, dans un joli chandelier, au milieu de la moquette. À la lueur de cette bougie, ils virent la porte de leur nouveau logis, face aux portes d'ascenseur côte à côte, avec leurs boutons à flèche.

– Vous vous rendez compte ? souffla Violette un peu hors d'haleine, en déposant Prunille à terre. Si les ascenseurs avaient été *in*, on serait arrivés ici en deux minutes, trois à tout casser.

– Allons, dit Klaus. Si ça se trouve, ils vont être de nouveau *in* très bientôt. Bon, cette porte doit être celle de l'appartement, j'imagine. Frappons.

Ils frappèrent, et aussitôt la porte s'ouvrit largement sur un grand monsieur en costume rayé, de ces fines rayures qu'on voit d'ordinaire sur les gens chics – stars de cinéma ou gangsters.

– Il me semblait bien que j'avais entendu quelqu'un approcher, dit-il avec un si large sourire qu'on voyait ses dents luire dans la pénombre. Entrez vite. Je m'appelle Jérôme d'Eschemizerre, et je suis très, très heureux que vous veniez vivre avec nous.

– Enchantée de faire votre connaissance, Mr d'Eschemizerre, dit Violette, le souffle un peu court, et elle s'avança, suivie de ses cadets, dans un vestibule guère mieux éclairé que l'escalier. Je suis Violette Baudelaire, et je vous présente mon frère, Klaus, et ma petite sœur, Prunille.

– Bonté divine, s'écria Mr d'Eschemizerre, vous m'avez l'air un peu essoufflés, tous les trois. Par bonheur, j'ai deux remèdes à cela. Le premier sera de cesser de m'appeler Mr d'Eschemizerre et de dire Jérôme, tout simplement. De mon côté, je vous appellerai par vos prénoms, et ce sera du souffle économisé pour nous quatre. Le deuxième remède sera un bon martini bien frappé, que je vais vous préparer illico. Venez, les enfants, suivez-moi.

– Un martini ? s'alarma Klaus. Ce n'est pas une boisson alcoolisée ?

– Ordinairement si, reconnut Jérôme. Mais ces temps-ci, non. Les martinis alcoolisés sont *out*. Ce qui est *in*, ce sont les martinis à l'eau, autrement dit, de l'eau bien froide servie dans un verre à apéritif, avec une olive dedans. Il est donc parfaitement légal d'en servir aux enfants.

– Je n'ai encore jamais bu de martini à l'eau, dit Violette, mais je veux bien essayer.

– Ah ! se réjouit Jérôme, tu as le sens de l'aventure ! C'est un trait de caractère qui me plaît. Ta mère aussi était téméraire. Savez-vous, nous étions grands amis, elle et moi, dans le temps. Nous avions même fait l'ascension du mont Augur, avec une bande d'amis… Bon sang, ça doit remonter à vingt ans au moins. Le mont Augur avait la réputation de pulluler de bêtes féroces, mais il en fallait plus pour arrêter votre mère. Et puis voilà qu'en piqué…

– Jérôme ? héla une voix depuis la pièce voisine. Qui était-ce, à la porte ?

Et une grande dame toute mince apparut, vêtue d'un tailleur élégant – à fines rayures également. Ses ongles effilés étaient si bien polis qu'ils étincelaient dans le clair-obscur.

Jérôme eut un petit rire.

– Et qui veux-tu que ce soit ? Les orphelins Baudelaire, pardi !

– Mais ce n'est pas aujourd'hui qu'ils arrivent !

– Bien sûr que si, c'est aujourd'hui ! J'attends ce jour depuis des semaines ! Vous savez, dit Jérôme en se retournant vers les enfants, moi, j'étais prêt à vous adopter du jour où j'ai appris la nouvelle de l'incendie. Malheureusement, il n'y avait pas moyen.

– Les orphelins étaient *out*, trancha la dame. Personne n'y pouvait rien. Alors qu'à présent ils sont *in*.

– Ma femme suit de très près tout ce qui est *in* ou *out*, reprit Jérôme. Pour ma part, je ne m'en soucie pas trop, mais Esmé si, énormément. C'est elle qui a tenu à ce que l'ascenseur soit condamné. Esmé, je m'apprêtais à leur faire des martinis à l'eau ; en veux-tu un aussi ?

– Bien volontiers, répondit Esmé. Les martinis à l'eau sont *in* !

Elle s'avança vers les enfants d'un pas vif et les inspecta tour à tour de la tête aux pieds.

– Je me présente : Esmé Gigi Geniveve d'Eschemizerre, sixième conseiller financier de la ville par rang de chiffre d'affaires, annonça-t-elle d'un ton altier. Et quatrième fortune du pays, mais vous pouvez m'appeler Esmé. J'apprendrai vos noms plus tard. Je suis très heureuse de vous avoir ici, parce que les orphelins sont *in*, tout ce qu'il y a de plus *in*, et quand mes amis vont savoir que j'ai trois vrais orphelins chez moi, ils vont en faire une maladie. N'est-ce pas, Jérôme ?

– J'espère bien que non, répondit Jérôme, en faisant signe aux enfants de le suivre.

Et il ouvrit la voie le long d'un couloir ténébreux, puis dans une immense pièce ténébreuse, meublée d'une armada de fauteuils et de canapés chics flanqués de tables basses non moins chics. Le mur du fond était presque entièrement fait de baies vitrées, toutes obturées de stores hermétiques afin d'éliminer le moindre filet de jour.

– J'espère bien que non, répéta Jérôme. Je n'aime pas l'idée de gens malades, et encore moins malades de jalousie. Tenez, prenez un siège, les enfants, que nous parlions un peu de votre nouveau logis.

Les enfants s'enfoncèrent dans trois fauteuils profonds, et leurs pieds trouvèrent bon de ne plus toucher le sol. Jérôme gagna une table basse garnie d'un pichet d'eau, d'une coupelle d'olives et d'un service de verres ultra-chics, et, d'une main experte, il prépara les martinis à l'eau.

– Voilà, dit-il, tendant un verre à Esmé, puis à chacun des enfants. Et maintenant, voyons-voyons. Commençons par le commencement. Si jamais vous vous perdiez, souvenez-vous que vous habitez au 667, boulevard Noir, dernier étage, l'appartement avec terrasse.

– Oh ! pourquoi leur dis-tu des choses aussi sottes ? coupa Esmé, agitant ses longs doigts griffus comme pour chasser une mite. Les enfants, écoutez plutôt ce qu'il faut savoir. Le noir est *in*.

La lumière est *out*. Les escaliers sont *in*. Les ascenseurs sont *out*. Les rayures fines sont *in*. Les vêtements hideux que vous avez sur le dos sont *out*.

– Ce qu'Esmé entend par là, s'empressa de dire Jérôme, c'est que nous tenons à ce que vous vous sentiez chez vous, ici.

Violette avala une gorgée de son martini à l'eau. Comme elle s'en était doutée, il avait surtout goût d'eau, avec peut-être un soupçon d'olive. Franchement, il y avait plus savoureux, mais au moins c'était désaltérant après une longue grimpée d'escalier.

– C'est gentil à vous, dit-elle.

– Mr Poe m'a raconté par quoi vous êtes passés, reprit Jérôme, hochant la tête. Quand je pense que nous aurions pu veiller sur vous dès le début !

– Nous NE le pouvions PAS, coupa Esmé. Quand les choses sont *out*, elles sont *out*. Les orphelins étaient *out*.

– Quoi qu'il en soit, poursuivit Jérôme, pour ce comte Olaf, je sais tout de lui. J'ai dit au gardien de l'immeuble de ne laisser entrer personne, strictement personne qui lui ressemble de près ou de loin. Vous n'aurez donc rien à craindre de ce scélérat.

– C'est rassurant, dit Klaus.

– De toute manière, intervint Esmé, à l'heure qu'il est, ce sale bonhomme est au diable, au sommet de je ne sais quelle montagne. Tu te souviens, Jérôme ? Cette espèce de banquier nous a dit qu'il allait là-bas, en hélicoptère je crois, pour tenter de retrouver les jumeaux kidnappés par ce triste individu.

– En fait, précisa Violette, Duncan et Isadora ne sont pas des jumeaux, mais des triplés. Ils ont perdu leur frère Petipa. Et leurs parents, aussi. Ce sont nos meilleurs amis.

– Mes pauvres enfants, compatit Jérôme. Vous devez vous faire un sang d'encre !

– Perdu leurs parents ? s'émerveilla Esmé. En ce cas, si jamais on les retrouve, pourquoi ne pas les adopter aussi ? Cinq orphelins ! Personne ne sera plus *in* que moi !

– Ce qui est sûr, enchaîna Jérôme, c'est que nous avons de quoi les loger. Savez-vous, les enfants ? Vous êtes ici dans un appartement de soixante et onze chambres ; vous n'aurez que l'embarras du choix pour la vôtre. Klaus, ce Mr Poe nous a dit que tu aimais bien inventer des choses, ou je me trompe ?

– Euh, répondit Klaus, l'inventrice, c'est ma grande sœur. Moi, je suis plutôt porté sur la recherche, les lectures et tout ça.

– Ah ! parfait, dit Jérôme. Tu n'auras qu'à prendre la chambre qui jouxte la bibliothèque, et Violette pourra s'installer dans celle qui dispose d'un grand établi, parfait pour ranger toutes sortes d'outils. Et la chambre entre les deux sera idéale pour Prunille, qu'en pensez-vous ?

L'arrangement semblait parfait, bien sûr, mais les enfants n'eurent pas le temps de le dire, car le téléphone sonna.

– Je prends ! s'écria Esmé, bondissant à travers la pièce pour décrocher le combiné. Allô, oui ? Résidence d'Eschemizerre… Oui, oui, elle-même.

Oui. Oui. C'est vrai ? Oh ! merci, merci ! (Elle raccrocha et se tourna, radieuse, vers Jérôme et les enfants.) Vous savez quoi ? Devinez ! J'ai une nouvelle fracassante, merveilleuse, éblouissante. C'est à propos de l'un de nos sujets de conversation à l'instant !

– Les Beauxdraps sont retrouvés ? hasarda Klaus, plein d'espoir.

– Les quoi ? Ah, eux. Non, non, pas encore. Il ne faut tout de même pas rêver. Jérôme, les enfants, écoutez bien : le noir est *out* ! L'éclairage normal est *in* !

– Bien, commenta Jérôme. À défaut d'être éblouissant, ça va être un mieux très net. On va y voir plus clair dans cet appartement. Tenez, jeunes Baudelaire, venez m'aider à remonter les stores, que vous puissiez contempler la vue. On a un joli panorama d'ici, vous allez voir !

– Et moi, je cours allumer dans toutes les pièces, dit Esmé d'un trait. Vite, avant que les gens ne voient que nous sommes encore dans le noir !

Elle se rua vers le corridor. Jérôme eut un petit sourire en coin à l'intention des Baudelaire, et il gagna la fenêtre la plus proche. Les enfants l'aidèrent à remonter les stores, clignant des yeux comme des hiboux dans le soleil couchant. S'ils s'étaient retournés pour regarder la pièce baignée de lumière, ils auraient été éblouis par les canapés brodés d'argent, les chaises dorées à la feuille, les tables basses en bois précieux ; mais ils n'avaient d'yeux que pour la grande cité à leurs pieds.

– Spectaculaire, hein ? dit Jérôme, et ils opinèrent en silence.

C'était comme de regarder une ville en modèle réduit, si miniaturisée que les immeubles avaient l'air de boîtes d'allumettes, et les avenues de bandelettes. Tout en bas, de minuscules rectangles colorés glissaient le long des bandelettes, puis se rangeaient contre les boîtes ; c'étaient des bus et des voitures, dont sortaient des grains de sable qui devaient être des gens. Les enfants eurent tôt fait de repérer le quartier où ils avaient habité du vivant de leurs parents, et au loin, très loin, vers l'horizon, un bandeau bleu : le bord de mer où, un triste jour, ils avaient appris la nouvelle par laquelle avaient débuté leurs malheurs.

– Je le savais, dit Jérôme, que cette vue vous plairait. Habiter le dernier étage d'un immeuble pareil n'est pas donné, mais, à mon avis, la vue à elle seule vaut la dépense. Regardez, là-bas, ces drôles de boîtes rondes : c'est la conserverie de jus d'orange. Le petit cube mauve bizarre, sur la gauche – oui, juste à côté du parc –, c'est mon restaurant favori. Oh, et vous avez vu, en bas ? Ils sont déjà en train d'abattre ces arbres hideux qui obscurcissaient le boulevard.

– Évidemment qu'ils les abattent, dit Esmé, regagnant la pièce pour souffler trois bougies sur le manteau de la cheminée. L'éclairage normal est *in*. Comme les martinis à l'eau, les rayures fines et les orphelins.

Les enfants allongèrent le cou pour regarder à l'aplomb de l'immeuble et virent que Jérôme disait vrai. Un escadron de jardiniers pas plus gros que des pucerons s'affairait bel et bien à tronçonner ces arbres étranges qui, l'après-midi même, avaient encore noyé de leur ombre les trottoirs du boulevard Noir. Vus d'aussi haut, à vrai dire, les géants terrassés ressemblaient plutôt à des cure-pipes ; mais c'était bien dommage de les abattre tous, même s'il était exact qu'ils dévoraient la lumière.

Les trois enfants échangèrent un regard, puis contemplèrent à nouveau le massacre en contrebas.

Les arbres du boulevard Noir n'étaient plus *in* et devaient donc disparaître sans délai. Violette, Klaus et Prunille aimaient mieux ne pas songer à ce qui risquait d'arriver le jour où les orphelins, à leur tour, auraient cessé d'être *in*.

Chapitre III

Dans la vie, il y a ce qui est bon. Il y a ce qui est mauvais. Et il y a ce qui contient du bon et du mauvais – ou, pour ne froisser personne, ce qui contient du bon et du moins bon.

À coup sûr, si on avait demandé aux enfants Baudelaire, au bout d'une semaine, ce qu'ils pensaient de leur séjour au 667, boulevard Noir, ils auraient répondu qu'il y avait du bon et du moins bon. Sans préciser que le bon était parfois très bon, et le moins bon tellement moins bon qu'il en était pire que mauvais.

Ce qu'il y avait de bon, et même très bon, c'était de se retrouver dans la ville où ils avaient grandi. Après la disparition de leurs parents, après leur séjour désastreux chez le comte Olaf, les trois enfants avaient été ballottés de trou perdu en trou perdu, loin du nid, et le cadre familier de la ville natale leur avait manqué cruellement. Tous les matins, après le départ d'Esmé, Jérôme les emmenait revoir l'un de leurs lieux de prédilection. Violette eut la joie de découvrir que le musée de l'Invention exposait toujours ses pièces préférées, et c'est ainsi qu'elle put examiner de nouveau, à loisir, les vitrines qui l'avaient décidée à devenir inventrice, à l'âge tendre de deux ans et cinq mois. Klaus fut ravi de remettre les pieds à la librairie *D'Alembert*, où son père avait coutume de l'emmener, lors des fêtes et anniversaires, pour y choisir un atlas ou une encyclopédie. Et Prunille fut enchantée de repasser devant la maternité Pincus où elle était née, même si ses souvenirs de l'endroit étaient, à vrai dire, assez flous.

Mais l'après-midi les voyait de retour au 667, boulevard Noir, et c'est alors que venait le moins bon.

Pour commencer, l'appartement était tout simplement trop grand. En plus de ses soixante et onze chambres, il comptait un nombre impressionnant de pièces à destinations variées – salles de séjour, salles à manger, salles à digérer, salles de musculation, salles de relaxation, salles de bains, cuisines, arrière-cuisines, arrière-arrière-cuisines –, sans parler d'un assortiment de pièces qui semblaient ne pas avoir de destination du tout. Cet appartement avec terrasse était tellement immense, même sans compter la terrasse, que les trois enfants s'y perdaient régulièrement. Violette quittait sa chambre pour aller se brosser les dents et passait une heure à retrouver son chemin. Klaus oubliait ses lunettes sur la tablette d'un lavabo et perdait l'après-midi à chercher dans quelle salle d'eau.

Prunille se dénichait un bon coin où ronger en paix des objets durs, et le lendemain, à sa déconvenue, le bon coin restait introuvable.

Savourer la compagnie de Jérôme aurait fait partie des bonnes choses, mais il était difficile à repérer dans le labyrinthe de l'appartement. Quant à Esmé, les orphelins ne la voyaient guère. Ils savaient que, tous les matins, elle quittait le 667 pour aller à son bureau et qu'elle revenait tous les soirs, mais, même lorsqu'elle était à la maison, les trois enfants ne faisaient souvent qu'entr'apercevoir le sixième conseiller financier de la ville. Tout se passait comme si Esmé avait complètement oublié les nouveaux membres de sa maisonnée, ou comme s'il lui plaisait davantage de se prélasser de sofa en sofa, à travers tout l'appartement, que de passer quelques intants en compagnie des enfants. Mais ni Violette, ni Klaus, ni Prunille ne regrettaient de la voir si peu. Ils aimaient mieux être tous trois ensemble, ou seuls en compagnie de Jérôme, que d'entendre discourir sans fin sur ce qui était *in* ou *out*.

Même dans leurs chambres, par malchance, ils n'étaient pas heureux comme des rois.

Jérôme, fidèle à sa parole, avait attribué à Violette la chambre avec le grand établi, lequel était parfait, en effet, pour ranger toutes sortes d'outils. Mais Violette avait eu beau fureter, elle n'avait pas trouvé un seul outil dans la place. Elle avait eu peine à croire que, dans un logement aussi vaste, il n'y eût pas au moins une clé à douille ni la plus misérable pince universelle. Mais, comme le lui répondit Esmé lorsqu'elle en fit la remarque, le bricolage était *out*.

Klaus avait bien la bibliothèque – la seule de tout l'appartement – juste à côté de sa chambre, et c'était une pièce spacieuse, lumineuse et confortable, avec des centaines de volumes alignés sur ses rayonnages. Mais le garçon fut dépité de découvrir que tous, jusqu'au dernier, avaient trait à un seul sujet : ce qui avait été *in* ou *out* au cours des différentes époques de l'histoire. Au début, il fit de gros efforts pour s'intéresser à la question, mais, après avoir lu sans passion *Bottes* in *à Brooklyn* et

L'Esprit boy-scout, out ?, il se lassa et ne mit plus les pieds à la bibliothèque. Et cette pauvre Prunille n'était guère mieux lotie, expression signifiant ici : « Elle aussi s'ennuyait dans sa chambre. » Jérôme, toujours attentionné, avait bourré la pièce de jouets, mais il avait choisi des jouets pour bébé – des animaux en peluche, tout doux, des balles de chiffons, toutes molles, et des monceaux de coussins, tout moelleux, bref, absolument rien de drôle à mordre.

Mais le moins bon du moins bon n'était pas l'immensité de l'appartement ni la déception d'un établi sans outils, d'une bibliothèque sans livres intéressants ou d'un assortiment de jouets inrongeables. Ce qui tourmentait le plus les enfants, c'était de songer aux rudes épreuves que traversaient leurs amis Beauxdraps. Chaque jour qui passait, ils avaient le cœur plus lourd à cette pensée, et plus lourd encore de constater que leurs nouveaux tuteurs, sur ce point, ne semblaient pas disposés à lever le petit doigt.

– Si vous saviez comme je suis lasse de vous entendre parler jour et nuit de vos petits copains les jumeaux ! soupira Esmé un soir, tandis qu'ils sirotaient leurs martinis à l'eau dans un salon vert Nil que les enfants n'avaient encore jamais vu. Je sais bien que vous vous tracassez, mais ce n'est pas une raison pour nous barber en prime.

– Nous ne voulions pas vous ennuyer, désolés, dit Violette – sans ajouter qu'il est mal élevé de dire aux gens que le récit de leurs malheurs vous barbe.

– Bien sûr que non, vous ne le faites pas exprès, reconnut Jérôme, repêchant l'olive qui flottait dans son verre pour se la fourrer dans la bouche. (Il se tourna vers sa femme.) Les enfants se tourmentent, Esmé, c'est bien normal. Mr Poe fait ce qu'il peut, je le sais, mais peut-être qu'en nous y mettant tous, avec un bon petit remue-méninges, on trouverait un autre plan d'action ?

– Tu crois que j'ai le temps de me remuer les méninges ? ronchonna Esmé. Les Enchères *In* approchent. Pour en faire un succès, j'ai besoin de toute mon énergie.

– Les Enchèrines ? dit Klaus. C'est quoi ?

– Une vente aux enchères, expliqua Jérôme. Vous savez ce que c'est, une vente aux enchères ? Des tas de gens se réunissent dans une grande salle, et un monsieur qu'on appelle le commissaire-priseur présente, les uns après les autres, toutes sortes d'objets mis en vente. Quand vous voyez passer un article qui vous plaît, vous annoncez bien haut, bien fort, combien vous êtes prêt à le payer. Ça s'appelle une enchère. À ce moment-là, quelqu'un d'autre va peut-être proposer un prix plus élevé, et quelqu'un d'autre un prix plus élevé encore, et ainsi de suite jusqu'à ce que tout le monde se décourage. Celui qui aura proposé le prix le plus élevé emportera l'objet à ce prix. C'est follement excitant. Votre mère adorait les enchères ! Un jour, je me souviens…

– Tu oublies l'essentiel, coupa Esmé. Ce n'est pas n'importe quelle vente aux enchères : ce sont les Enchères *In*, parce qu'on n'y vend que des objets *in*. C'est toujours moi qui les organise, et c'est l'événement le plus décoiffant de l'année !

– Décoiff ? s'enquit Prunille.

– Non, Prunille, non, expliqua Klaus. Ici, « décoiffant » ne veut pas dire qu'on en sort tout ébouriffé. C'est plutôt une façon de dire : fabuleux.

– Oh ! mais fabuleux, ça l'est, assura Esmé, vidant son verre. Nous organisons la vente à la salle Sanzun, et nous ne mettons en vente que les objets les plus *in*. Par-dessus le marché, tout le produit de la vente revient à une bonne cause.

– Ah ? dit Violette. À laquelle ?

Esmé joignit ses mains griffues en extase.

– À moi ! Tout ce que dépensent les gens à cette vente se retrouve sur mon compte en banque ! N'est-ce pas proprement fabuleux ?

– À ce propos, très chère, intervint Jérôme, je me disais justement que cette année, peut-être, nous pourrions donner un peu de cet argent à une autre bonne cause. Par exemple, ce midi, je lisais dans le journal un article sur une famille de sept enfants ; le père et la mère ont perdu leur emploi, et les voilà si pauvres qu'ils ne peuvent même plus s'offrir un appartement à une chambre. Nous pourrions leur envoyer un peu de l'argent des Ench…

– N'importe quoi ! coupa Esmé. Donner de l'argent aux pauvres, c'est sans fin ; on ne va pas prendre en charge toute la misère du monde. Oh ! et vous savez quoi ? Cette année, nous allons battre tous les records. Je déjeunais ce midi avec douze millionnaires, et onze d'entre eux étaient absolument décidés à venir aux Enchères *In* – le douzième avait un empêchement familial. Songe au paquet qu'on va se faire, Jérôme ! Avec un peu de chance, on va pouvoir prendre un appartement plus grand !

– Mais il n'y a pas six semaines qu'on est dans celui-ci ! protesta Jérôme. J'aimerais mieux payer la remise en service de l'ascenseur. C'est tuant de gravir tous ces étages.

– Et voilà, ça recommence ! fit Esmé, excédée. Encore des insanités. Quand ce ne sont pas mes orphelins qui pleurnichent sur leurs petits copains, c'est mon mari qui geint pour des histoires d'ascenseur ! Bon, de toute manière, vous autres, plus le temps d'écouter vos jérémiades. Gunther passe la soirée ici, Jérôme ; je te saurais gré d'emmener les enfants dîner en ville.

– Gunther ? Ah. Qui est-ce ?

– Notre commissaire-priseur, pardi ! C'est le plus *in* de toute la ville, et il va me donner un coup de main pour la vente. Il vient ici ce soir afin de discuter du catalogue, et nous ne voulons être dérangés sous aucun prétexte. C'est pourquoi je te prie de sortir avec les enfants, de manière à nous offrir un peu de tranquillité.

– Mais j'avais prévu de leur apprendre à jouer aux échecs, plaida Jérôme.

– Tu feras ça une autre fois. Pour ce soir, pas question : vous dînez en ville. Tout est arrangé. J'ai réservé pour vous au *Café Salmonella*, à sept heures. D'ailleurs, il va être grand temps d'aller vous préparer : n'oubliez pas de prévoir trois quarts d'heure pour la descente de l'escalier. Bien, mais auparavant, les enfants, j'ai un petit présent pour chacun de vous.

À ces mots, les enfants tombèrent des nues, expression qui signifie ici qu'ils n'en crurent pas leurs oreilles, tant ils étaient loin d'imaginer qu'une personne aussi égoïste songerait un jour à leur offrir des cadeaux. Pourtant, c'était la vérité. Esmé plongea le bras derrière le canapé vert Nil sur lequel elle était vautrée, et elle en retira trois jolis sacs à anses, d'un élégant papier rayé où était écrit en lettres stylées : *Boutique In*.

D'un geste gracieux, elle tendit un sac à chacun des enfants.

– Je me suis dit que peut-être, si je vous achetais un cadeau dont vous rêviez, vous cesseriez de me casser la tête avec vos triplés Beaulinge.

– Ce qu'Esmé veut dire, se hâta de rectifier Jérôme, c'est que nous tenons à vous voir heureux ici, même si vous vous tourmentez pour vos amis.

– Ce n'est pas du tout ce que je veux dire, le contredit Esmé, mais peu importe. Ouvrez vos sacs, les enfants.

Les enfants déballèrent leurs présents, et je suis au regret d'annoncer que les jolis sacs ne contenaient que du moins bon.

Il existe, dans la vie, bien des choses malaisées à deviner, mais il en est une qui ne l'est jamais, ou presque : c'est de savoir si celui qui déballe un cadeau est ravi ou non de ce qu'il découvre. Quelqu'un de ravi met en général des points d'exclamation à toutes ses phrases. Par exemple, s'il dit « Oh ! », c'est un « Oh ! » qui monte, un « Oh ! » excité. Alors que s'il dit « Oh, » sur un ton tout plat, avec une virgule ou un point après, on peut être sûr qu'il est déçu.

– Oh, dit Violette en déballant son présent.

– Oh, dit Klaus en découvrant le sien.

– Oh, dit Prunille en éventrant le sac avec ses dents.

– Eh oui ! s'enthousiasma Esmé. Des costumes à rayures fines ! Je le savais, que vous seriez fous de joie. Vous deviez être bien embarrassés, ces jours-ci, à vous balader dans les rues sans la moindre rayure fine ! Les rayures fines sont *in*, les orphelins sont *in*, alors imaginez comme vous allez être *in* ! Des orphelins en rayures fines !

– Je ne trouve pas qu'ils aient l'air fous de joie, dit Jérôme, et ce n'est pas moi qui leur donnerais tort. Esmé, je croyais que nous étions convenus, pour Violette, d'une boîte à outils ? Elle adore inventer, et je croyais que nous devions favoriser cette passion ?

– Oh ! mais j'adore aussi les rayures fines, mentit Violette, qui savait qu'on doit toujours se dire enchanté d'un présent, même quand on est affreusement déçu. Merci beaucoup.

– Et pour Klaus, nous avions dit que ce serait un almanach nautique, enchaîna Jérôme. Je t'avais parlé de son intérêt pour la ligne du changement de date international, et un almanach est le meilleur ouvrage pour tout comprendre des fuseaux horaires.

– Oh ! mais je m'intéresse aussi aux rayures fines, assura Klaus, qui savait, en cas de besoin, mentir aussi bien que son aînée. Ce cadeau me fait grand plaisir.

– Et pour Prunille, reprit Jérôme, nous avions opté pour ce presse-papier cubique en bronze. Il était élégant, utile et merveilleux pour se faire les dents.

– Aïdjim, affirma Prunille, autrement dit, en gros : « J'adore mon ensemble rayé, mille mercis », alors qu'elle n'en pensait pas un mot.

– Je sais que nous avions envisagé l'achat de ces cadeaux stupides, déclara Esmé en faisant onduler ses doigts griffus. Mais les outils de bricolage sont *out* depuis des semaines, les almanachs sont *out* depuis des mois, et j'ai reçu un coup de fil, cet après-midi même, m'informant que les cubes de bronze ne redeviendraient pas *in* avant un an et demi au moins. Ce qui est *in* en ce moment, Jérôme, ce sont les rayures fines, et je n'aime pas beaucoup te voir inciter mes enfants à ne tenir aucun compte de ce qui est *in* ou *out*. Tu ne souhaites donc pas ce qu'il y a de meilleur pour ces orphelins ?

– Bien sûr que si, soupira Jérôme. Je ne voyais pas les choses sous cet angle-là, Esmé. Bien, les enfants, j'espère que vos cadeaux vous font plaisir, malgré tout, même s'ils ne correspondent pas absolument à ce que vous attendiez. Maintenant, si vous alliez enfiler ces nouvelles tenues, afin d'être tout beaux pour aller dîner ?

– Absolument ! approuva Esmé. Le *Café Salmonella* est l'un des restaurants les plus *in* de la ville.

D'ailleurs, je ne suis même pas certaine qu'on vous laisserait entrer si vous vous présentiez sans rayures fines. Allez vite vous changer, et ne traînez pas ! Gunther sera ici d'un moment à l'autre.

– On se dépêche, promit Klaus. Et merci encore.

– De rien, dit Jérôme avec un bon sourire.

Les enfants lui sourirent en réponse, ils sortirent du salon vert Nil, empruntèrent un long couloir, traversèrent une cuisine, puis un autre salon, passèrent devant quatre salles d'eau, une salle de boxe, trois salles de jeux, une salle de yoga, et retrouvèrent enfin leurs chambres. Ils restèrent un moment plantés chacun devant sa porte, à regarder tristement le contenu de leurs sacs *Boutique In*.

– Je me demande comment on va pouvoir porter ces trucs-là, dit Violette.

– Moi aussi, renchérit Klaus. Et le pire, c'est de penser qu'on a failli recevoir les cadeaux qu'on voulait.

– Pioucttou, approuva Prunille.

– Vous savez, soupira Violette, je crois que nous exagérons un peu. On dirait trois enfants gâtés. Enfin quoi, nous habitons un bel appartement, très grand. Nous avons chacun notre chambre. Le portier a promis de veiller à ne jamais laisser entrer le comte Olaf, et l'un de nos nouveaux tuteurs au moins est quelqu'un de bien gentil. Et nous, nous sommes là, à nous plaindre.

– Tu as raison, reconnut Klaus. Nous devrions voir le bon côté des choses. Recevoir un cadeau raté, ça ne vaut tout de même pas de pleurnicher. Pas quand on a ses meilleurs amis en danger. En vérité, nous avons joliment de la chance d'être ici.

– Tchittol, fit Prunille, autrement dit : « C'est bien vrai. Trêve de jérémiades, allons enfiler nos nouveaux habits. »

Mais les enfants restèrent encore figés un instant, à rassembler leurs forces afin de se dépouiller de toute ingratitude et d'enfiler leurs vêtements neufs. Mais ils avaient beau s'en vouloir d'agir en enfants gâtés, ils avaient beau savoir que la situation n'avait rien de si dramatique, ils avaient beau n'avoir plus qu'une heure pour se changer, retrouver Jérôme et descendre des centaines de marches, ils étaient tout simplement cloués sur place. Tête basse, ils contemplaient le contenu de leurs sacs rayés.

– Cela dit, fit remarquer Klaus pour finir, même s'il est exact que nous avons beaucoup de chance, il reste que ces vêtements sont bien trop grands pour nous.

Klaus disait vrai. C'était un fait. Un fait qui, peut-être, vous fera mieux comprendre pourquoi les enfants étaient si déçus du contenu de leurs sacs. Un fait qui, peut-être, vous fera mieux comprendre pourquoi ils étaient si peu pressés d'enfiler ces habits neufs. Un fait qui devint plus évident encore lorsque les trois enfants gagnèrent chacun sa chambre et sortirent de leurs sacs les cadeaux offerts par Esmé.

Il est souvent malaisé de prédire si un vêtement vous va ou non avant de l'avoir enfilé. Pourtant, les enfants Baudelaire avaient vu, ils l'avaient vu au premier coup d'œil, que ces tenues allaient les nanifier – autrement dit, faire d'eux des nains. Non pas, bien sûr, les transformer en petits personnages barbus, ventrus et sifflotants, mais simplement les faire paraître minuscules. Tout est affaire de proportions. Par exemple, auprès d'une autruche, une souris est nanifiée. L'autruche à son tour sera nanifiée auprès d'une girafe ou de la tour Eiffel. Quoi qu'il en soit, les enfants Baudelaire étaient horriblement nanifiés *auprès* de leurs habits rayés – et pas seulement auprès, mais *dedans* plus encore.

Lorsque Violette enfila son ensemble, elle constata que les jambes du pantalon jouaient les prolongations longtemps après que ses jambes à elle s'étaient arrêtées, si bien que ses pieds ressemblaient à deux grosses nouilles trop cuites. Lorsque Klaus enfila le sien, il constata que les manches de la veste poursuivaient leur chemin bien au-delà du bout de ses doigts, si bien que ses bras semblaient avoir rétréci ou être rentrés dans son corps comme une tortue dans sa carapace. Quant à Prunille, son ensemble à elle la nanifiait si complètement qu'on l'aurait crue enfouie sous ses couvertures. Lorsque les trois enfants ressortirent de leurs chambres et se retrouvèrent dans le couloir, ils étaient si nanifiés que c'est à peine s'ils se reconnurent.

– On dirait que tu vas faire du ski, dit Klaus à sa sœur aînée. Sauf qu'en général, les skis, c'est fait dans un alliage de titanium plutôt que dans du tissu rayé.

– Et toi, on dirait que tu as mis ta veste, mais que tu as oublié de mettre tes bras, répondit Violette en riant.

– Mmph-mmph ! cria Prunille, et même ses aînés ne comprirent rien à ce qu'elle essayait de dire, à travers le tissu rayé.

– Nom d'un petit bonhomme, Prunille ! dit Violette, je t'avais prise pour un tas de linge. Viens par ici, que je t'attache ces manches autour de la taille. Et peut-être que demain, pour ton pantalon, on pourra trouver des ciseaux, et on tâch…

– Nnph-nnph ! fit Prunille, véhémente.

– Enfin, Prunille ! lui dit Klaus. Ne sois pas nigaude ! Tu crois peut-être qu'on ne t'a jamais vue en petite culotte ? Une fois de plus ou de moins n'y changera pas grand-chose.

Mais Klaus se trompait. Pourtant, ce qu'il disait n'était pas faux : quand on est bébé, on est vu par toute la famille, bien des fois, en petite culotte – voire en tenue plus légère encore –, et il n'y a pas de quoi s'offusquer.

Non, si Klaus se trompait, c'est sur le sens de « Nnph-nnph ! » Car Prunille ne protestait pas à l'idée de se dévêtir devant ses aînés. En fait, le tissu rayé déformait les deux syllabes prononcées. Et ces deux syllabes hantent mes nuits, tandis que je me tourne et me retourne sur ma couche, et que l'image de ma chère Beatrice envahit mon esprit meurtri. Elles hantent mes nuits où que je me trouve, et quelles que soient les nouvelles pièces que j'ai pu apporter au dossier.

Ici, pour la septième fois, je vais faire appel au verbe « nanifier », que pourtant le dictionnaire ne tolère qu'à regret et voudrait n'appliquer qu'aux plantes. Mais il n'est pas de meilleur mot pour décrire ce qui se passa ensuite.

Car si Klaus et Violette avaient mal entendu les deux syllabes prononcées par leur cadette, ils comprirent immédiatement en levant les yeux vers la grande ombre qui venait de surgir devant eux. Et ils se sentirent soudain nanifiés, tout comme leur parurent nanifiés leurs soucis de vêtements trop grands.

Car ces deux syllabes, hélas ! étaient tout simplement : « Olaf ».

Chapitre IV

Quand vous étudierez les mystères de l'électricité, en physique, vous apprendrez en quoi consiste un certain effet Joule ; à moins que vous ne l'ayez déjà appris, et, comme moi, déjà oublié.

Il existe évidemment bien d'autres effets en tout genre – effet Doppler, effets pervers, effets de manche, effet placebo, mauvais effet, effets spéciaux –, mais il en est un dont on a tendance à sous-estimer la puissance, et c'est l'effet de surprise.

Pourtant, cet effet-là est une arme redoutable aux mains de qui sait en jouer. La personne frappée par l'effet de surprise (ou plutôt, dans la triste affaire qui nous intéresse, *les* personnes frappées) est bien trop abasourdie pour réagir, et c'est un avantage déloyal au profit du sournois qui a su mijoter son coup.

– Excusez, bonjour, dit le comte Olaf de sa voix de crécelle, et les enfants Baudelaire furent bien trop abasourdis pour réagir.

Ils ne poussèrent pas un cri. Ils ne s'enfuirent pas, épouvantés. Ils n'appelèrent pas leurs tuteurs à tue-tête. Ils restèrent cloués sur place, dans leurs costumes rayés trop grands, les yeux sur l'infâme personnage qui les avait retrouvés une fois de plus.

Et, tandis qu'Olaf les toisait de haut avec son plus odieux sourire, se délectant de l'effet de surprise, les enfants constatèrent qu'il s'était affublé d'un nouvel accoutrement, un de ces déguisements grotesques qui ne les trompaient pas une seconde.

Il était chaussé de bottes cirées qui lui montaient jusqu'aux genoux – des bottes de cavalier prêt à enfourcher sa monture. À son œil droit, il portait un monocle – sorte de verre de lunette unique, qui ne tient en place qu'à condition de conserver le sourcil froncé. Le reste de sa personne était vêtu d'un costume à rayures fines – le costume rayé de rigueur pour être *in* à l'époque des faits. Mais les orphelins savaient qu'Olaf se moquait bien d'être *in* et qu'il n'avait nul besoin d'un verre correcteur à un œil, pas plus qu'il n'était prêt à enfourcher sa monture. Ils savaient qu'il portait des bottes pour masquer l'œil tatoué sur sa cheville. Ils savaient qu'il portait un monocle pour froncer le sourcil constamment et camoufler la soudure qui lui faisait un sourcil unique au-dessus de ses petits yeux luisants. Et ils savaient qu'il portait un costume rayé pour qu'on le croie distingué au lieu de le voir pour ce qu'il était, un malfrat qui avait sa place sous les verrous, vêtu de grosses rayures en travers et non de fines rayures en long.

– Vous devez être les enfants, excusez ! dit-il, s'excusant sans raison pour la seconde fois. Le nom de moi est Gunther. Je vous prie le langage de moi excuser. Pardonnez-moi, je ne suis pas courant dans la langue, excusez.

– Comm… commença Violette, et elle se tut net.

Elle était trop abasourdie pour achever sa phrase, « Comment avez-vous fait pour nous retrouver si vite et pour passer sous le nez du portier, qui avait pourtant promis de vous empêcher d'entrer ? » L'effet de surprise mélangeait tous les mots dans sa tête.

– Où a… commença Klaus, et il se tut net.

Il était trop abasourdi pour achever sa phrase, « Où avez-vous emmené les triplés Beauxdraps ? » L'effet de surprise lui nouait le gosier.

– Bi… commença Prunille, et elle se tut net.

L'effet de surprise la faisait bégayer aussi sûrement que ses aînés, et elle était trop abasourdie pour achever sa phrase, « Bikayado ? », autrement dit : « Quel plan diabolique avez-vous concocté cette fois-ci pour faire main basse sur notre fortune ? »

– *Ach !* excusez. Je vois que, dans la langue, vous n'êtes pas courants non plus, dit le comte Olaf, toujours avec son étrange façon de parler. Où le père et la mère sont ?

– Nous ne sommes pas le père et la mère, répondit la voix d'Esmé (et l'effet de surprise frappa derechef, surgi à une autre porte du couloir). Nous sommes les tuteurs légaux. Ces enfants sont nos orphelins, Gunther.

– *Ach so !* s'écria le comte Olaf.

Et ses petits yeux luisants, avec et sans monocle, se firent plus luisants encore, comme toujours lorsqu'ils se posaient sur des orphelins sans défense. Pour les enfants Baudelaire, ces yeux étaient des flammes de briquet aux mains d'un incendiaire.

– *Ach so !* reprit-il. Orphelins *in* !

– Je le sais, que les orphelins sont *in*, déclara Esmé, apparemment peu surprise par cette étrange façon de parler. Ils le sont même tellement, en fait, que je gagnerais gros, j'en suis sûre, si je les vendais aux Enchères *In*, la semaine prochaine !

– Esmé ! se récria Jérôme. Comment peux-tu… Je suis choqué ! Il n'est pas question de vendre ces enfants aux enchères !

– Évidemment, qu'il n'en est pas question, dit Esmé. C'est interdit par la loi – dommage ! Bon, enfin, tant pis. Entrez, Gunther, que je vous offre la visite guidée de notre appartement. Jérôme, emmène ces enfants au *Café Salmonella*.

– Mais nous n'avons même pas fait les présentations ! protesta Jérôme. Violette, Klaus, Prunille, je vous présente Gunther, le commissaire-priseur dont nous parlions tout à l'heure. Gunther, je vous présente les trois nouveaux membres de notre famille.

– Enchanté, glapit Olaf, tendant une main osseuse.

– Oh ! mais nous nous connaissons déjà, dit Violette, heureuse de constater que l'effet de surprise faiblissait et qu'elle retrouvait sa voix. Nous

nous sommes déjà rencontrés. Bien des fois. Jérôme, Esmé, cet homme est un imposteur. Il n'est pas Gunther du tout, et il n'est pas commissaire-priseur. C'est le comte Olaf.

– Je ne comprends pas ce que l'orpheline dit, excusez. Pardonnez-moi, je ne parle pas courant la langue.

– Oh, que si ! vous la parlez, rétorqua Klaus, qui à son tour redevenait téméraire. Vous la parlez parfaitement.

– Klaus, voyons ! s'indigna Jérôme. Un fin lettré comme toi voit bien que notre ami commet quelques menues erreurs de grammaire.

– Varan ! fit Prunille de sa petite voix aiguë.

– Notre sœur a raison, dit Violette. Ses erreurs de grammaire, il les commet *exprès*. Elles font partie de son déguisement. S'il retirait ses bottes, vous verriez son tatouage à la cheville. S'il retirait son monocle, vous verriez qu'il n'a qu'un seul sourcil très long, et…

– Gunther est un commissaire-priseur renommé, trancha Esmé. L'un des plus *in* de la planète, il me l'a confirmé lui-même. Je ne vais certainement pas le prier de se déchausser pour vous plaire. Allons, serrez-lui la main, allez dîner bien vite, et nous n'en parlerons plus.

– Mais ce n'est pas Gunther ! s'entêta Klaus. C'est le comte Olaf !

– Je ne comprends pas, excusez, prétendit le comte Olaf, haussant ses épaules maigres.

– Esmé… hésita Jérôme. Les enfants ont l'air vraiment inquiets. Comment être certain que… Nous ferions peut-être mieux…

– Nous ferions mieux d'écouter ce que je dis, moi ! déclara Esmé, pointant vers elle-même un index griffu. Moi, Esmé Gigi Geniveve d'Eschemizerre, sixième conseiller financier de la ville, quatrième fortune du pays, résidant boulevard Noir, au dernier étage d'un immeuble de grand standing…

– Je sais tout cela, très chère, dit Jérôme. Je partage ta vie.

– Eh bien ! si tu souhaites continuer à la partager, tu appelleras cet homme par son nom. Et cela vaut pour vous aussi, les enfants. Je fais tout pour vous faire plaisir, je prends la peine de vous acheter des vêtements ultra-chics, et vous, vous me remerciez en accusant mes invités d'être des escrocs déguisés !

– *Ach*, ce n'est rien, excusez, dit le comte. Ces enfants font confusion.

– Nous ne faisons pas confusion du tout, Olaf, dit Violette.

Esmé la foudroya du regard.

– Tu vas appeler ce monsieur « Gunther », et ton frère et ta sœur aussi, vous m'entendez ? Sinon… sinon je vais regretter vivement de vous avoir recueillis tous trois dans mon bel appartement !

Violette jeta un coup d'œil à son frère, puis à sa petite sœur, et sa décision fut tôt prise.

Tenir tête à quelqu'un n'est jamais très plaisant, mais parfois on n'a pas le choix, il faut absolument discuter. Par exemple, l'autre jour, j'ai été contraint de discuter ferme avec un étudiant en médecine parce que, s'il ne m'avait pas laissé emprunter son canot à moteur, à l'heure qu'il est je serais enchaîné dans une espèce de caisson étanche au lieu d'être assis ici, dans une fabrique de machines à écrire, occupé à rédiger ce triste récit. Oui, parfois, il vaut mieux tenir tête, mais Violette comprit bien vite que discuter avec Esmé n'était ni avisé ni utile, leur tutrice ayant manifestement décidé que le comte Olaf était Gunther, commissaire-priseur réputé. En fait, il était beaucoup plus futé d'aller sagement dîner en ville et de réfléchir au moyen d'échapper à cette crapule, plutôt que de rester plantés là, à se chamailler sur le nom dont il convenait de l'appeler.

Violette respira un grand coup et dédia son plus beau sourire à celui qui leur avait valu tant de misères.

– Je vous demande pardon, Gunther, marmonna-t-elle – et elle faillit bien s'étrangler, tant lui coûtait cette fausse contrition.

– Mais Vi… voulut protester Klaus, puis il croisa le regard de son aînée et comprit que la chose serait débattue plus tard, en privé. Oui, moi aussi, se reprit-il, je vous présente mes excuses, monsieur.

Nous vous avions pris pour quelqu'un d'autre.

Gunther rajusta son monocle.

– *Ach*, ce n'est rien, excusez.

– À la bonne heure ! se réjouit Jérôme. C'est tellement mieux quand tout le monde est d'accord ! Venez, les enfants, allons dîner. Gunther et Esmé doivent travailler à cette vente, laissons-leur la paix et le silence.

– Juste une petite minute, pria Klaus. Le temps de remonter ces manches. Nos vêtements sont un peu grands.

Esmé roula les yeux vers le ciel.

– Et puis quoi, encore ? dit-elle. D'abord, Gunther est un imposteur ; et maintenant, vos vêtements sont trop grands. Comme quoi, les orphelins peuvent être à la fois *in* et insupportables. Venez, Gunther, que je vous montre le reste de mon superbe appartement.

– *Ach*, voyons ça. À bientôt, donc ! conclut Gunther, transperçant le trio du regard.

Et, sur un petit geste d'au revoir, il suivit Esmé le long du corridor. Jérôme répondit d'un signe et, sitôt que Gunther eut passé l'angle, il se pencha vers les enfants pour leur chuchoter :

– C'est très gentil d'avoir renoncé à discuter avec Esmé. Je vois bien que vous n'êtes pas convaincus, pour Gunther. Et que vous vous faites du souci. Mais je ne dirais pas que nous n'y pouvons rien. Au contraire, nous y pouvons quelque chose. Vous allez voir, j'ai ma petite idée. Une idée qui va vous faire le cœur léger.

Les enfants échangèrent des regards soulagés.

– Oh ! merci, Jérôme, dit Violette. Et c'est quoi, comme idée ?

Jérôme mit un genou à terre pour aider Prunille à retourner ses bas de pantalon, et dit avec un sourire complice :

– Devinez.

– On pourrait demander à Gunther d'enlever ses bottes, suggéra Violette. On verrait bien s'il porte un tatouage à la cheville.

– Ou on pourrait lui demander d'enlever son monocle, dit Klaus en retroussant ses manches. On verrait bien à quoi ressemblent ses sourcils.

– Récika ! suggéra Prunille, ce qui signifiait, en gros : « Ou on pourrait l'envoyer au diable, avec interdiction d'en revenir ! »

– Bon, j'avoue ne pas savoir ce que signifie « Récika ! », dit Jérôme, mais pour ce qui est des deux autres suggestions, il n'en est bien sûr pas question. Gunther est notre invité, nous ne voulons pas lui manquer de respect.

En vérité, les enfants Baudelaire avaient très, très envie de lui manquer de respect, mais ce n'était sans doute pas poli de le dire.

– En ce cas, s'enquit Violette, qu'est-ce qui va nous faire le cœur léger ?

– Oh ! c'est bien simple, répondit Jérôme. Au lieu de descendre toutes ces marches à pied, nous allons nous laisser glisser à califourchon sur la rampe ! C'est prodigieusement drôle, et, chaque fois que je le fais, tous mes soucis s'envolent, même les plus gros. Venez !

Descendre un escalier à cheval sur la rampe suffit rarement à vous faire le cœur léger quand votre pire ennemi rôde, mais aucun des trois enfants n'eut le temps de le préciser. Déjà, Jérôme ouvrait la marche.

– Suivez-moi ! lança-t-il, et les enfants le suivirent, mi-trottant, mi-courant, à travers quatre séjours, une cuisine, une lingerie, puis le long de neuf chambres à coucher, trois salles d'eau, un vestibule, et enfin sur le palier.

Là, sans un regard pour les portes d'ascenseur, Jérôme se dirigea vers l'escalier et enfourcha la rampe, souriant jusqu'aux oreilles.

– Je vais descendre le premier pour vous montrer comment faire. Prudence dans les virages, hein ? Si vous sentez que vous allez trop vite, freinez en laissant traîner le pied contre la paroi. Et n'ayez pas peur, surtout !

D'un coup de talon, il s'élança et *zou !* la seconde d'après, il avait glissé hors de vue. Son rire, réverbéré par la cage d'escalier, se fit de plus en plus lointain, de plus en plus tourbillonnant en direction du rez-de-chaussée.

Violette et Klaus se penchèrent par-dessus la rampe, Prunille passa la tête entre deux barreaux, et tous trois tremblèrent en silence.

Oh ! ils ne tremblaient pas à l'idée de descendre l'escalier sur la rampe. Des escaliers, ils en avaient descendu plus d'un sur la rampe. Jamais d'aussi haut, bien sûr, mais ils ne craignaient pas d'essayer – surtout maintenant que la lumière était *in*, si bien qu'on voyait où on allait. Non, ils tremblaient pour de tout autres raisons, bien meilleures. Ils tremblaient à la pensée que Gunther avait sans doute en tête un stratagème diabolique, une ruse dont ils n'avaient pas la moindre idée. Ils tremblaient à la pensée de Duncan et Isadora – où étaient-ils à cette heure, qu'avait fait d'eux Olaf-Gunther ? Ils tremblaient à la pensée que Jérôme et Esmé d'Eschemizerre ne seraient sans doute d'aucun secours, pas plus pour les protéger que pour venir en aide à leurs amis Beauxdraps.

Les échos du rire de Jérôme se brisaient en mille éclats et, tout en contemplant, sans mot dire, la vis sans fin de l'escalier, les trois enfants redoutaient fort d'être tombés dans une spirale infernale.

Chapitre V

Le *Café Salmonella* était situé au cœur du faubourg Poissonnier, quartier de la ville qui sentait le poisson, chantait le poisson, vantait le poisson, vendait le poisson et, sans doute, avait goût de poisson, du moins si l'on s'était mis à quatre pattes pour lécher le pavé des trottoirs.

Dans le faubourg Poissonnier, tout respirait le poisson, et rien d'étonnant puisque le quartier jouxtait les quais où les pêcheurs, tous les matins, vendaient leurs prises à la criée. Même le fond sonore évoquait le poisson ; dans ces rues humectées d'embruns, les pas et la circulation produisaient des sons mouillés pareils à ceux des créatures aquatiques. Et, pour le regard, tout le quartier avait quelque chose de poissonneux avec ces ardoises partout, en forme d'écailles argentées, miroitantes, au lieu de briques ou de pierres comme dans le reste de la ville. C'était tellement saisissant qu'en passant l'angle de la rue Turbot, sur les talons de Jérôme, les enfants levèrent les yeux vers le ciel du soir pour s'assurer qu'ils étaient bien toujours à l'air libre, et non quelque part sous l'eau.

Le *Café Salmonella* n'avait rien d'un café ; c'était un restaurant, et même un restaurant « à thème », ce qui signifie que tout y tournait autour d'une idée, le menu comme le décor. Le thème du *Café Salmonella*, vous l'avez sans doute deviné, n'était autre que le saumon. Les murs s'ornaient de saumons en aquarelle, le menu de saumons à l'encre de Chine ; serveurs et serveuses étaient costumés en saumons – ce qui ne facilitait pas le service ; sur les tables, au lieu de fleurs, trônaient des bouquets de saumons dans des vases, et naturellement tous les plats étaient à base de saumon.

Le saumon en soi n'a rien de détestable, bien sûr. Mais, de même que le caramel mou, le yaourt à la fraise ou la mousse à nettoyer les moquettes, consommé en excès, il devient très vite écœurant. Et, ce soir-là, les enfants Baudelaire en furent très vite écœurés. Le serveur salmonifié commença par leur apporter des bols de velouté de saumon bien chaud, puis ce fut de la salade de saumon bien fraîche, puis du saumon grillé avec des raviolis de saumon en garniture, le tout arrosé de beurre de saumon ; et lorsque arriva, en dessert, la tarte renversée au saumon avec un tortillon de crème glacée au saumon par-dessus, les trois enfants se jurèrent de ne plus jamais toucher à du saumon de leur vie.

En réalité, même si le dîner avait consisté en mets variés, tous exquisément préparés, et apportés par un serveur dans une tenue simple et de bon goût, les enfants ne l'auraient sans doute guère savouré davantage. La seule pensée qu'Olaf-Gunther passait la soirée avec leur tutrice, sous le toit même où ils logeaient, leur coupait l'appétit plus encore qu'un excès de rose saumon doublé d'un excès de saveur saumonée. Pour comble de malheur, Jérôme refusait absolument de reparler de Gunther.

– Je refuse absolument de reparler de Gunther, déclara Jérôme, portant à ses lèvres son verre d'eau gazeuse dans lequel flottaient de petits dés de saumon en guise de glaçons. Et pour être franc, les enfants, je trouve que vous devriez avoir un peu honte de vos soupçons. Connaissez-vous le mot « xénophobe » ?

Violette et Prunille firent non de la tête et se tournèrent vers leur frère, qui se concentrait sur la question.

– Quand un mot se termine par « -phobe », dit celui-ci en s'essuyant la bouche avec sa serviette en forme de saumon, ça signifie que quelqu'un a horreur de quelque chose. Ou du moins une peur terrible. Au point de détester ce quelque chose… Est-ce que « xéno » veut dire « Olaf » ?

– Non, répondit Jérôme. « Xéno » signifie « étranger ». Être xénophobe, c'est avoir une peur morbide des étrangers. Les avoir en horreur, simplement parce qu'ils viennent d'ailleurs, ce qui est une raison stupide. Je vous aurais crus trop intelligents, tous les trois, et doués de trop de bon sens pour être xénophobes. Après tout, réfléchis, Violette : Galilée était originaire d'Europe, et il a inventé le télescope. Franchement, aurais-tu peur de lui ?

– Non, bien sûr, dit Violette. Je serais même très honorée de faire sa connaissance. Mais…

– Et toi, Klaus, tu as sûrement entendu parler de l'écrivain Junichiro Tanisaki, natif d'un pays d'Asie. Aurais-tu peur de lui ?

– Évidemment non, dit Klaus. Mais…

– Et toi, Prunille, acheva Jérôme, le crocodile du Nil vient d'Égypte. Si tu en rencontrais un, aurais-tu peur de lui ?

– Néthesh ! répondit Prunille, autrement dit : « Bien sûr que oui ! Ces bêtes-là ont beaucoup trop de dents, et trop bon appétit ! »

Mais Jérôme enchaîna comme si de rien n'était :

– Ce n'est pas pour vous faire la leçon, je sais que vous avez connu de durs moments depuis la disparition de vos parents. Et Esmé et moi n'avons qu'un désir : vous offrir un bon toit et la sécurité. Mais franchement, je ne crois pas que le comte Olaf ait jamais l'audace de s'aventurer dans notre quartier. L'endroit est trop chic, trop bien surveillé. Et, si d'aventure il l'osait, le portier aurait tôt fait de le repérer et d'alerter les autorités.

– N'empêche que le portier ne l'a pas repéré, insista Violette. Il était déguisé, comme toujours.

– Sans compter que, pour nous retrouver, Olaf irait sur la Lune. Il s'en moque bien, lui, que le quartier soit chic et surveillé.

Jérôme les regarda tous trois, l'air terriblement mal à l'aise.

– S'il vous plaît, ne discutez pas. J'ai horreur des discussions.

– Mais parfois, dit Violette, il est utile de discuter. Parfois, même, c'est absolument nécessaire.

– Je ne vois pas une seule discussion qui soit utile ou nécessaire, dit Jérôme. Par exemple, Esmé avait réservé pour nous dans ce *Café Salmonella*, alors que je déteste le saumon. J'aurais pu discuter là-dessus avec elle, bien sûr ; mais en quoi aurait-ce été utile ou nécessaire ?

– Eh bien, par exemple, fit observer Klaus, vous auriez pu dîner de choses que vous aimez.

Jérôme fit non de la tête.

– Un jour, vous comprendrez. Quand vous serez plus grands. En attendant, sauriez-vous me dire lequel de ces saumons est notre serveur ? Je réglerais bien l'addition, que nous puissions rentrer à la maison et nous coucher.

Les enfants échangèrent des regards consternés. Ils auraient tant voulu tenter leur chance encore, essayer de convaincre Jérôme que Gunther était le comte Olaf ! Mais ils voyaient bien que c'était peine perdue ; et maintenant Jérôme voulait se coucher. Muets et dociles, ils suivirent leur tuteur hors du *Café Salmonella*, puis dans le taxi qui les ramenait au 667, boulevard Noir.

Chemin faisant, le taxi longea la plage de Malamer sur laquelle les trois enfants, un matin, avaient appris la nouvelle de l'incendie fatal. Que ce jour funeste semblait loin ! Pourtant, en réalité, il remontait à trois mois à peine. La vue des vagues brisant leurs rouleaux clairs sur la longue plage sombre, sombre leur serra le cœur plus que jamais. Oh ! combien leurs parents leur manquaient ! S'ils avaient été vivants, Mr et Mrs Baudelaire auraient écouté leurs enfants, eux. Ils les auraient crus, au moins, quand tous les trois leur auraient dit qui était Gunther, en vrai. Mais bien sûr, si leurs parents avaient été encore en vie, jamais Violette, Klaus et Prunille n'auraient su que le comte Olaf existait, jamais ils n'auraient eu à subir ses sinistres manigances. Et cette pensée-là, peut-être, était la plus dure de toutes. Assis à l'arrière du taxi, les trois orphelins regardaient la nuit sur la ville, et ils auraient donné cher pour revenir au temps où ils étaient encore heureux.

– Ah ? déjà de retour ? commenta le portier, ouvrant la portière d'une main ferme, ou plutôt d'une manche ferme, avec ce manteau bien trop grand. Mrs d'Eschemizerre avait dit que vous n'étiez pas censés rentrer avant le départ de votre visiteur, et il n'est pas encore redescendu.

Jérôme plissa le front sur sa montre.

– Il se fait tard. Il va être temps que ces enfants se couchent. Si nous ne faisons pas de bruit, nous ne les dérangerons pas, j'en suis sûr.

– J'ai des instructions très strictes, dit le portier. Personne n'est censé pénétrer dans l'appartement du dernier étage avant que le visiteur ait quitté l'immeuble. Or il n'a pas quitté l'immeuble.

– Je ne veux pas discuter, dit Jérôme, mais peut-être est-il en train de descendre en ce moment même. Il faut un certain temps pour gagner le rez-de-chaussée, depuis là-haut, vous savez – sauf à descendre à cheval sur la rampe. Donc, à mon avis, vu l'heure, il est sans doute déjà en route vers le bas.

Le portier se gratta le menton du poignet de sa manche.

– Hmm, je n'y avais pas pensé. Bon, ça va, vous pouvez monter, j'imagine. Vous le croiserez sûrement dans l'escalier.

Les enfants s'entre-regardèrent. Ils ne savaient trop ce qui leur faisait le plus froid dans le dos : l'idée que Gunther avait passé tant de temps là-haut, ou l'idée de le croiser dans l'escalier.

– Il vaudrait peut-être quand même mieux attendre qu'il soit parti, risqua Violette. Ce serait trop bête de valoir des ennuis au portier.

– Mais non, décida Jérôme. Il vaut mieux commencer à monter, sinon le sommeil nous prendra avant d'arriver en haut. Prunille, n'oublie pas de me prévenir quand tu voudras que je te porte.

Ils s'engagèrent dans le hall d'entrée et furent surpris de constater qu'il avait été remis à neuf durant leur dîner en ville. Tous les murs étaient peints en bleu et le sol était couvert de sable fin, avec deux ou trois coquillages ici et là dans les coins.

– Les décors marins sont *in*, expliqua le portier. J'ai reçu le coup de fil aujourd'hui. Demain, toute l'entrée sera garnie de gadgets évoquant le fond des mers.

– Dommage que nous n'en ayons rien su, dit Jérôme. Nous vous aurions rapporté quelque chose du faubourg Poissonnier.

– Pour ça oui, dommage ! regretta le portier. Ces trucs marins, tout le monde en veut, ils commencent déjà à se faire rares.

– Il y en aura sûrement aux Enchères *In*, s'avisa Jérôme, le pied sur la première marche. Vous devriez y faire un tour.

– Pas impossible que j'y aille, dit le portier, les yeux sur les enfants, avec un étrange sourire. Pas impossible du tout. Bonne soirée, m'ssieurs-dames.

Les enfants lui souhaitèrent le bonsoir et suivirent Jérôme dans l'escalier.

Et ce fut de nouveau la longue, longue grimpée. Chemin faisant, ils croisèrent plusieurs personnes qui descendaient, toutes en costume rayé, mais aucune n'était Gunther. Au fil du temps, les gens qui descendaient avaient l'air de plus en plus fatigués, et les bruits qui filtraient à travers les portes étaient des bruits d'avant-coucher. Au dix-septième étage, ils entendirent une petite voix demander où était le bain moussant. Au trente-huitième, ils entendirent quelqu'un se brosser les dents. Enfin, plus haut encore – une fois de plus, ils avaient perdu le compte, mais ce devait être assez haut, car Jérôme portait Prunille –, ils entendirent une voix grave, très grave, lire tout haut une histoire de marchand de sable.

Tous ces bruits les ensommeillaient, un peu plus à chaque étage, et, lorsque enfin ils atteignirent le dernier palier, ils avaient si sommeil qu'il leur semblait faire du somnambulisme, ou, dans le cas de Prunille, déambuler dans les bras de Morphée. Ils avaient si sommeil qu'ils faillirent bien s'endormir debout, adossés au mur, pendant que Jérôme sortait sa clé et ouvrait la porte, si sommeil que l'apparition de Gunther semblait n'avoir été qu'un rêve. Ils demandèrent à Esmé où il était, elle répondit qu'il était parti depuis longtemps.

– Parti ? s'étonna Violette. Mais le portier nous a dit qu'il était encore ici.

– Encore ici ? Certainement pas. À propos, il a laissé un catalogue des articles en vente aux Enchères *In* ; vous le trouverez dans la bibliothèque, si vous voulez y jeter un coup d'œil. Nous avons passé en revue un certain nombre de points d'organisation, puis il est reparti.

– C'est pas croyable, dit Jérôme.

– Bien sûr que si, c'est croyable. C'est même tout ce qu'il y a de plus certain. Il a passé cette porte, je l'ai vu comme je vous vois.

Les enfants se consultèrent du regard, désorientés, soupçonneux. Comment Gunther avait-il pu quitter l'appartement, alors que le portier ne l'avait pas vu sortir, et qu'eux ne l'avaient pas croisé dans l'escalier ?

– Il n'aurait pas pris l'ascenseur, par hasard ? suggéra Klaus.

Esmé leva les sourcils très haut, et trois fois de suite elle ouvrit la bouche comme pour parler, puis la referma sans émettre un son. On l'aurait crue sous l'effet de la surprise.

– N'importe quoi ! dit-elle pour finir. Les

ascenseurs sont toujours *out* ; l'ascenseur est condamné, tu le sais très bien.

– Pourtant, le portier nous a dit qu'il était encore ici, insista Violette. Et nous ne l'avons pas croisé dans l'escalier.

– Alors, le portier s'est trompé ! conclut Esmé. Et nous n'allons pas passer la nuit sur ce détail soporifique. Jérôme, emmène ces enfants au lit.

Les enfants se regardèrent en coin. À leur avis, ce détail n'avait rien de *soporifique*, mot qui signifie : « porteur de sommeil, endormant ». Au contraire, l'idée que Gunther s'était volatilisé suffisait à chasser le sommeil.

Mais les trois enfants savaient bien qu'ils ne convaincraient pas leurs tuteurs que l'affaire était louche, pas plus qu'ils n'avaient pu les convaincre que Gunther était le comte Olaf. Ils souhaitèrent donc bonne nuit à Esmé et suivirent Jérôme à travers trois salles de bal, une salle de billard, deux salles de tuba, et arrivèrent enfin devant leurs chambres.

– Bonne nuit, les enfants, leur dit Jérôme avec un bon sourire. Parions qu'après cette journée vous allez dormir comme des bûches. Je ne vous vexe pas, j'espère ? C'est juste une façon de dire que vous allez dormir si fort que vous ne remuerez pas d'une patte.

– Oh ! vous ne nous vexez pas du tout, le rassura Klaus. Dormir comme une bûche, on sait ce que ça veut dire. Et à vous aussi, Jérôme, bonne nuit !

Jérôme reparti, les trois enfants échangèrent un dernier regard ; ils communiquaient beaucoup par regards. Puis chacun rentra dans sa chambre et referma la porte avec soin.

Ils savaient d'avance, tous les trois, qu'ils n'allaient sûrement pas dormir comme des bûches – à moins qu'il n'existe des bûches qui se tournent et se retournent en se posant des questions. Or, des questions, ils s'en posaient, toujours les mêmes, en boucle : ils se demandaient où était passé Gunther, comment il les avait retrouvés, quel coup tordu il mijotait ; ils se demandaient où pouvaient être Isadora et Duncan Beauxdraps ; ils se demandaient ce que pouvaient bien signifier les initiales V.D.C., et si la réponse à cette question était la clé de toutes les énigmes précédentes.

Tout en examinant ces questions, ils se tournaient, se retournaient, se re-retournaient encore. Et plus la nuit avançait, moins ils se sentaient comme des bûches. Ils étaient seulement trois enfants aux prises avec une odieuse machination – et aux prises avec une nuit d'insomnie, l'une des moins soporifiques de leurs jeunes vies.

Chapitre VI

Le matin est l'un des meilleurs moments pour réfléchir. On vient juste de s'éveiller, on est encore au lit, un peu entre parenthèses ; c'est le moment idéal pour contempler le plafond, revenir sur les jours passés, se demander ce que vont apporter les jours à venir.

Par exemple, ce matin même, au moment d'écrire ce chapitre, je me demande si les jours à venir vont m'apporter de quoi scier cette paire de menottes, puis me permettre de me glisser dehors par cette fenêtre fermée à double tour.

Dans le cas des orphelins Baudelaire, quand l'aurore se coula au travers des huit cent quarante-neuf fenêtres de l'appartement d'Eschemizerre, les trois enfants, chacun de son côté, se demandaient si les jours à venir allaient apporter des réponses aux interrogations de la nuit.

Violette regardait les premiers rayons dorer son établi de bois blond, nu comme la main, et elle s'efforçait d'imaginer quel plan sordide Gunther avait concocté cette fois-ci. Klaus regardait les premiers rayons effleurer le mur qui le séparait de la bibliothèque, et il se creusait la cervelle pour deviner par quel moyen Gunther avait bien pu se volatiliser. Et Prunille regardait les premiers rayons caresser sa collection de peluches molles, et elle se demandait s'il restait assez de temps pour un conciliabule avec ses aînés avant que Jérôme ne vienne appeler pour le petit déjeuner.

Cette troisième question n'avait rien d'insoluble. Prunille glissa à bas du lit, elle alla gratter à la porte de Klaus, puis tous deux frappèrent à celle de Violette et trouvèrent leur aînée déjà levée, assise à son établi, les cheveux attachés d'un ruban.

– Tagueb, fit Prunille.

– Bonjour, dit Klaus.

– Bonjour, vous deux ! répondit Violette. Je m'étais dit que, peut-être, je réfléchirais mieux assise à cet établi comme pour inventer quelque chose. Malheureusement, rien ne vient.

– Oui, dit Klaus. C'est ça le pire. Déjà, voir Olaf Face-de-rat resurgir et être obligé de l'appeler Gunther, ça n'a rien de drôle. Mais n'avoir aucune idée de ce qu'il mijote, c'est l'horreur.

– Et on ne sait rien de rien, une fois de plus, reconnut Violette. Sinon qu'il cherche à faire main basse sur notre héritage.

– Klofy, commenta Prunille, autrement dit : « Pour changer. Mais par quel moyen tordu ? »

– Peut-être que son plan est lié à ces fameuses Enchères, suggéra Klaus. Sinon, pourquoi se déguiser en commissaire-priseur ?

Prunille bâilla un grand coup. Violette la prit sur ses genoux, et la petite se mit en devoir de ronger l'établi, pensive.

– À votre avis… hésita Violette, vous croyez qu'il va nous acheter, à cette vente ? Il pourrait très bien charger l'un de ses horribles complices d'enchérir pour lui. Et on se retrouverait entre ses griffes, comme Isadora et Duncan.

– Mais Esmé a dit que c'était illégal, rappela Klaus. Il est interdit de vendre des enfants aux enchères.

Prunille cessa de ronger un instant, le temps de demander :

– Nolano ?

Ce qui signifiait, en gros : « Vous croyez que les d'Eschemizerre sont de mèche avec Gunther ? »

– Je ne pense pas, répondit Violette. Ils ont été gentils avec nous, jusqu'ici. Jérôme est gentil, en tout cas. Et surtout, la fortune Baudelaire, que veux-tu qu'ils en fassent ? Ils ont déjà tellement de gros sous…

– Des gros sous, peut-être, mais des petites cervelles, observa Klaus d'un ton morose. Gunther les a complètement embobinés. Tout ça, avec un monocle, des bottes de cavalier et un costume rayé.

– Et il a réussi à leur faire croire qu'il était parti, souligna Violette. Alors que le portier ne l'a pas vu passer.

– Oui, mais là, nous aussi, il nous a eus. Il nous a tous feintés. Vous l'avez croisé dans l'escalier, vous ? Et comment serait-il sorti, si le portier ne l'a pas vu ?

– Mystère et boule de gomme, avoua Violette, piteuse. Cette affaire est un vrai puzzle, un puzzle dont il nous manque des pièces.

– Puzzle, puzzle, ai-je entendu parler de puzzle ? s'enquit Jérôme dans leur dos. Si vous avez une petite envie de puzzle, je crois qu'il y en a deux ou trois dans le tiroir du dressoir de l'un des séjours, ou peut-être d'un salon, je ne sais plus lequel.

Les enfants se retournèrent et virent leur tuteur s'encadrer dans la porte, plein d'entrain, un plateau d'argent à la main.

– Bonjour, Jérôme, dit Klaus. Et merci pour le puzzle, mais c'était juste une façon de parler. Nous essayons de démêler quelque chose.

– Eh bien, croyez-en mon expérience, vous ne démêlerez jamais rien l'estomac creux. Je vous ai apporté de quoi déjeuner. Au menu : œufs pochés et pain complet grillé.

– Oh merci ! dit Violette, c'est vraiment très gentil.

– De rien, de rien, répondit Jérôme. Esmé a une réunion importante, aujourd'hui, avec le roi de l'Arizona, je crois. Nous aurons donc toute la journée pour nous seuls. Je me disais que nous pourrions aller nous promener dans le quartier de la couture et confier vos ensembles rayés à un bon tailleur pour quelques retouches. Rien ne sert d'avoir d'excellents vêtements s'ils sont trop petits ou trop grands.

– Nillhiou ! fit Prunille, autrement dit : « Quelle délicate attention ! »

– J'ignore ce que « Nillhiou » signifie, et je m'en moque ! claironna Esmé, entrant dans la chambre à son tour. Et vous aussi, vous vous en moquerez quand vous connaîtrez la grande nouvelle que je viens juste d'apprendre au téléphone. Le martini à l'eau est *out*. Ce qui est *in* maintenant, c'est le pschitt-persil !

– Pschitt-persil ? fit Jérôme, plissant le nez. Eau gazeuse et persil, c'est ça ? Hmm, très peu pour moi. Je crois que je vais m'en tenir au martini à l'eau.

– Tu n'écoutes jamais, Jérôme. Le pschitt-persil est *in*. Il faut que tu descendes immédiatement en acheter deux ou trois caisses.

– Mais je comptais emmener les enfants chez un tailleur, pour faire retoucher leurs vêtements.

– Eh bien, tu vas modifier ton programme. Les enfants ne vont pas tout nus, que je sache ? Alors que nous n'avons pas *une* goutte de pschitt-persil.

– Bon, bon, dit Jérôme, je ne veux pas discuter.

– En ce cas, ne discute pas. Et laisse les enfants ici, je te prie. Le quartier des boissons n'est pas pour eux. Et tu ferais bien d'activer le mouvement.

Je ne tiens pas à être en retard pour Son Altesse de l'Arizona.

– Mais tu ne souhaites pas passer un moment ou deux avec les enfants avant ta journée de travail ?

Esmé jeta un coup d'œil à sa montre.

– Pas spécialement, non, imagine-toi. Je vais juste leur dire bonjour. Bonjour, les enfants. Allez, va vite, Jérôme.

Jérôme ouvrit la bouche comme pour dire quelque chose, mais Esmé avait déjà tourné les talons, et il se contenta d'un geste d'impuissance.

– Bon, alors, bonne journée, les enfants. Amusez-vous bien. Les frigos et les placards de toutes les cuisines sont pleins, vous trouverez bien quelque chose à vous mettre sous la dent. Je suis vraiment navré que nos projets tombent à l'eau.

– Dé-pê-che-toi ! lança Esmé du fond du couloir, et Jérôme quitta la pièce en hâte.

Les enfants écoutèrent ses pas s'éloigner, puis, dans le silence revenu, Klaus se tourna vers ses sœurs.

– Donc, qu'est-ce qu'on va faire aujourd'hui ?

– Vinfrey, répondit Prunille.

– Tout à fait d'accord, approuva Violette. Il faut découvrir ce que trame Gunther.

– Et on s'y prend comment ? dit Klaus. Alors qu'on ne sait même pas où il est ?

– Justement, reprit Violette : c'est par là qu'il faut commencer. Trouver où il est. Il a déjà sur nous l'avantage de l'effet de surprise, on ne va pas lui laisser en plus l'avantage d'une bonne cachette.

– Sauf que, pour le dénicher, bonjour ! Les bonnes cachettes, cet appartement en est truffé.

– Kroundix, rappela Prunille, autrement dit : « Mais il n'est pas dans l'appartement. Esmé l'a vu en sortir ! »

– Hum ! fit Violette. Il peut très bien être sorti, puis revenu en catimini. Si ça se trouve, à l'instant même, il est en train de rôder aux alentours.

D'instinct, les trois enfants se tournèrent vers la porte ouverte, comme s'ils s'attendaient à voir Gunther là, ses yeux luisants braqués sur eux.

– S'il rôdait aux alentours, dit Klaus, vous ne croyez pas qu'il nous aurait déjà sauté dessus ?

Depuis la seconde même où les d'Eschemizerre sont sortis ?

– Peut-être, admit Violette. Mais tout dépend de son plan.

De nouveau, ils jetèrent un coup d'œil vers le couloir.

– J'ai peur, murmura Klaus.

– Écrif, approuva Prunille.

– Moi aussi, avoua Violette. Mais s'il est dans l'appartement, il vaut mieux qu'on soit au courant. Le seul moyen d'en avoir le cœur net, c'est de passer toutes les pièces au peigne fin, pour voir si on le trouve.

– Mais je n'ai aucune envie de le trouver ! protesta Klaus. Descendons plutôt dans la rue. Allons appeler Mr Poe.

– Mr Poe est en hélicoptère, à la recherche des Beauxdraps. Le temps qu'il revienne ici… Non, c'est à nous de découvrir ce que mijote Gunther. Il le faut. Pas seulement pour lui échapper, nous, mais pour sauver Duncan et Isadora.

La pensée de leurs amis galvanisa les trois enfants – et ici « galvaniser » ne signifie pas « recouvrir d'une couche de zinc fondu », mais : « animer d'une énergie nouvelle, suffisante pour rechercher Gunther à travers tout l'appartement, malgré leur terreur de le trouver ». Ni Violette, ni Klaus, ni Prunille n'avaient oublié tout le mal que s'étaient donné les jeunes Beauxdraps pour les tirer des griffes d'Olaf, au collège. Duncan et Isadora étaient allés jusqu'à se déguiser en Klaus et Violette, de nuit, pour flouer le comte Olaf. Et ils avaient effectué des recherches, aussi, et découvert le secret de V.D.C. – même si, hélas, le temps leur avait manqué pour révéler ce secret. Et à présent, songeant au courage des deux triplés, les enfants Baudelaire se disaient que c'était à eux de faire preuve de courage, à eux de sauver leurs amis.

– Tu as raison, dit Klaus à Violette – et Prunille acquiesça gravement. Il faut inspecter tout l'appartement. Mais comment nous y prendre ? Il est tellement alambiqué ! Moi, la nuit, ça ne rate jamais : rien qu'en allant faire pipi, je me perds.

Comment ne pas oublier une seule pièce, sans pour autant repasser trois fois au même endroit ?

– Hansel ! lança Prunille.

Ses aînés la regardèrent, perplexes. D'ordinaire, ils comprenaient tout ce que disait leur petite sœur. Mais là, bien franchement, ils séchaient.

– On devrait dessiner un plan, c'est ça ? hasarda Violette.

Prunille fit non de la tête et enchaîna :

– Gretel !

– Hé ! Prunille, lui dit Klaus, tu parles chinois ou quoi ? « Hansel ! » « Gretel ! » Qu'est-ce que tu entends par là ?

– Poussay, ajouta Prunille.

Mais Violette avait compris.

– J'y suis ! Hansel et Gretel ! Le Petit Poucet ! Tu sais bien, Klaus, ces enfants, dans des contes, qui…

– Vu. Ces enfants qui n'arrêtent pas de se perdre dans les bois et qui décident de laisser derrière eux des petits cailloux blancs pour retrouver leur chemin…

– Des cailloux blancs ou des miettes de pain, ça dépend du conte, dit Violette, saisissant l'un des toasts apportés par Jérôme. Et, pour nous, ce sera du pain ! Nous allons laisser des miettes un peu dans chaque pièce, pour être sûrs de ne pas repasser aux endroits déjà inspectés. Génial, Prunille !

– Blizé, fit Prunille, modeste – autrement dit : « Oh ! c'est bien peu de chose. »

Et je dois dire qu'hélas c'était bien peu de chose en effet. Car les enfants eurent beau déambuler trois heures durant, de corridor en vestibule, de séjour en salon, de chambre en antichambre, de cuisine en arrière-cuisine et de salle de bal en salle de bains, ils ne trouvèrent pas trace de Gunther. Ils inspectèrent toutes les penderies, les cagibis, les placards à balais. Ils tirèrent tous les rideaux de douche pour voir si Gunther se cachait derrière. Ils passèrent en revue des armées de vêtements sur des armées de cintres, des bataillons de cravates et de cache-nez, des régiments de boîtes de conserve, des cohortes de flacons de shampooing et de gel douche, mais ils furent bien forcés d'admettre, lorsque les miettes les ramenèrent à la chambre de Violette, qu'ils étaient parfaitement bredouilles.

– Où diable peut-il se cacher ? soupira Klaus découragé. On a vraiment regardé partout.

– Sauf que, peut-être, il n'a pas arrêté de changer de place, dit Violette. Il lui suffisait d'aller se cacher là où nous venions de passer.

Klaus réfléchit une seconde.

– Je ne crois pas, conclut-il. On l'aurait entendu, avec ces espèces de bottes qui font *clomp*, *clomp*. En réalité, à mon avis, il n'est plus dans l'appartement. D'ailleurs, Esmé dit qu'il est sorti... Mais le portier dit qu'il n'est pas sorti. C'est là que ça coince.

– J'y ai beaucoup réfléchi, reprit Violette. Il y a une chose à ne pas oublier : d'après Esmé, il est sorti de l'*appartement* ; d'après le portier, il n'est pas sorti de l'*immeuble*. Autrement dit, il pourrait se trouver dans n'importe quel autre appartement du 667, boulevard Noir.

Klaus examina l'hypothèse.

– Hé… mais c'est vrai, ça ! Il peut très bien avoir loué un appartement à un autre étage, en guise de quartier général pour le stratagème en cours.

– Ou peut-être qu'un de ces appartements était déjà celui d'un de ses complices, dit Violette, et elle se mit à compter sur ses doigts : voyons, il y a l'homme aux crochets, le chauve au long nez, celui qui semble n'être ni homme ni femme[1]…

– Et les deux horribles bonnes femmes toutes poudrées, rappela Klaus. Celles qui l'ont aidé à kidnapper Isadora et Duncan. Peut-être qu'elles habitent ici.

– Gcko ! fit Prunille, autrement dit : « Ou peut-être que Gunther a réussi, par la persuasion ou la ruse, à entrer dans un appartement, peut-être qu'il a ligoté les occupants et qu'il attend bien tranquillement son heure. »

– En tout cas, dit Violette, si on trouve Gunther dans l'immeuble, alors les d'Eschemizerre verront bien que c'est un menteur. Même s'ils ne veulent

---

1. Voir le tome I, *Tout commence mal…*

pas croire que c'est le comte Olaf, ils auront des soupçons, au moins.

Klaus plissait le front.

– Mais comment faire pour le débusquer ? On ne va quand même pas aller frapper aux portes et demander à inspecter les appartements.

– Pas besoin d'*inspecter*, dit Violette. *Écouter* devrait suffire.

Klaus et Prunille plissèrent le front de concert un instant, puis leurs traits s'éclaircirent.

– Bon sang, tu as raison, dit Klaus. Rien qu'en descendant l'escalier, sans faire de bruit, sans se presser, on doit pouvoir entendre à peu près ce qui se passe derrière chaque porte, et deviner si, oui ou non, Gunther est à l'intérieur !

– Lorigo ! s'écria Prunille, autrement dit : « Allons-y ! »

– Minute, dit Klaus. Descendre cet escalier, je vous rappelle, ça fait une trotte. Et on a déjà pas mal crapahuté, ce matin. Prunille, je veux bien croire que, sur quatre pattes, on se fatigue moins que sur deux, mais n'empêche. Je propose de commencer par enfiler nos meilleures chaussures, avec des chaussettes de rechange pour éviter les ampoules.

– Et on ferait bien d'emporter de l'eau, dit Violette. Comme pour une randonnée.

– Snack ! suggéra Prunille.

Les trois enfants passèrent à l'action. Ils troquèrent leurs pyjamas contre une tenue de randonneurs d'escalier, ils enfilèrent leurs meilleures chaussures par-dessus leurs meilleures chaussettes et fourrèrent dans leurs poches des chaussettes de secours. Violette et Klaus vérifièrent que Prunille avait noué correctement ses lacets, puis les trois enfants quittèrent leurs chambres et, en suivant la piste de miettes, ils gagnèrent la cuisine la plus proche, bien groupés afin de ne pas se perdre.

Là, ils se trouvèrent quelques raisins, un paquet de crackers, un pot de beurre de pomme et une bouteille d'eau plate – destinée, la veille encore, à se changer en martinis à l'eau, mais désormais vouée à l'évier et idéale pour compléter le casse-croûte.

Enfin prêts, ils quittèrent l'appartement, passèrent devant les portes d'ascenseur condamnées et, sans se consulter, se figèrent au bord de la première marche.

Il leur semblait qu'ils avaient à gravir un sommet plutôt qu'à descendre des marches.

– Il va falloir y aller sur la pointe des pieds, dit Violette. Pour entendre Gunther sans que lui ne nous entende.

– Et il va falloir parler tout bas, tout bas, chuchota Klaus tout bas, tout bas. Pour entendre ce que disent les gens sans qu'eux n'entendent ce qu'on dit.

– Philavem, conclut Prunille, ce qui signifiait clairement : « En route ! »

Et les trois enfants se mirent en route, ou plutôt en escalier, à pas de velours, jusqu'au palier le plus proche. Là, retenant leur souffle, ils tendirent l'oreille vers la porte – la porte des voisins du dessous.

Au début, ils n'entendirent rien, puis soudain, claire et forte, s'éleva une voix de femme qui commandait des fleurs au téléphone.

– Bon, eh bien, ça n'est pas Gunther, chuchota Violette.

Klaus et Prunille approuvèrent en silence, et les trois enfants, toujours à pas de loup, descendirent à l'étage suivant. Juste comme ils approchaient de la porte, celle-ci s'ouvrit tout grand et un petit bonhomme court sur pattes sortit, vêtu d'un complet rayé.

– À la prochaine, Avery ! lança-t-il, et, sur un bref salut en direction des enfants, il s'élança dans l'escalier en sautillant.

– Ce n'est pas Gunther non plus, chuchota Klaus. Je le vois mal se déguiser en quelqu'un d'aussi petit.

Violette et Prunille acquiescèrent, et les enfants reprirent leur descente sur la pointe des pieds.

Au palier suivant, ils n'eurent pas besoin de prêter l'oreille, car une voix masculine lança :

– Je prends ma douche, Mère !

Prunille hocha la tête.

– Mineck, chuchota-t-elle, autrement dit :

« Une douche ? Ça n'est pas Gunther ! Parions qu'il n'en prend jamais ! »

Violette et Klaus furent d'accord, et les trois enfants, en tapinois, gagnèrent le palier du dessous, puis celui du dessous, puis celui du dessous, et ainsi de suite, tendant l'oreille à chaque porte, échangeant quelques mots tout bas, puis reprenant leur descente.

De palier en palier, la fatigue commençait à se faire sentir – car, curieusement, descendre des marches est aussi fatigant que les monter. Et la fatigue ne touchait pas que les jambes. Les gosiers aussi se fatiguaient, à force de parler tout bas ; les oreilles se fatiguaient, à force de se tendre à l'extrême ; même les cous se fatiguaient, à force de hocher la tête. Lorsqu'ils atteignirent le bas de l'escalier, les trois enfants étaient tout simplement épuisés.

– Je n'en peux plus, dit Violette, s'asseyant sur la dernière marche. (Elle tendit la bouteille d'eau à Prunille.) Et tout ça, pour rien. Vous êtes sûrs qu'on n'a pas oublié une porte ?

– Sûr et certain, dit Klaus, lui passant les crackers. J'ai fait très attention. J'ai même compté les étages, cette fois, pour qu'on puisse revérifier en remontant. Il n'y en a pas quarante-huit, et pas quatre-vingt-quatre non plus ; il y en a soixante-six tout rond – pile entre les deux. Soixante-six étages, soixante-six portes, et pas le plus petit signe de Gunther.

– C'est à n'y rien comprendre, reprit Violette. S'il n'est pas au dernier étage, s'il n'est dans aucun autre appartement, et s'il n'a pas quitté l'immeuble, où peut-il bien être ?

– Peut-être qu'il est tout de même au dernier étage, dit Klaus. Et que nous n'avons pas su le trouver.

– Bitchoui, suggéra Prunille, autrement dit : « Peut-être qu'il est tout de même dans un autre appartement et qu'on ne l'a pas entendu. »

– Ou peut-être que, *maintenant*, il a quitté l'immeuble, dit Violette, tendant à Prunille le cracker qu'elle venait de tartiner de beurre de pomme. Mais ça, il suffit de le demander au portier. Le voilà, justement.

En effet, le portier, quittant son poste à côté de la porte, venait de repérer les enfants et se dirigeait vers eux.

– Bonjour, vous autres, dit-il – et sous son chapeau à larges bords on ne voyait qu'un coin de sourire. J'allais poser ces décorations quand il m'a semblé entendre des voix.

Tout en parlant, il brandissait au bout de ses manches une petite étoile de mer en bois et un flacon de colle.

– Oui, on a décidé de pique-niquer ici, en bas, improvisa Violette, qui ne tenait surtout pas à avouer qu'ils avaient écouté aux portes. Ça nous a fait une petite balade, et après ça on va remonter.

– Remonter ? Ah ! je suis bien désolé, dit le portier avec des effets de manches, mais je ne peux pas vous autoriser à retourner là-haut. J'ai des ordres. Vous devez rester ici, dans ce hall. Mes instructions étaient très claires : interdiction pour vous de regagner l'appartement d'Eschemizerre tant que le visiteur ne serait pas reparti. Hier soir, je vous ai laissés monter, parce que

Mr d'Eschemizerre disait que le visiteur était sans doute en train de redescendre. Mais c'était faux ; Mr Gunther n'a toujours pas remis les pieds dans ce hall.

Violette s'étonna :

– Vous voulez dire qu'il n'a *pas encore* quitté l'immeuble ?

– Absolument. Et j'en suis certain. Je monte la garde ici jour et nuit, je l'aurais vu passer. Je peux vous garantir que Mr Gunther n'a pas repassé cette porte depuis son arrivée, hier en début de soirée.

– Et vous dormez quand ? s'enquit Klaus.

– Je bois beaucoup de café, répondit le portier.

– Ça ne tient pas debout, dit Violette.

– Bien sûr que si, ça tient debout, contredit le portier. Le café contient de la caféine, qui est un stimulant chimique. Ce stimulant tient éveillé.

– Je ne parlais pas du café, dit Violette. Je voulais parler de Gunther. Esmé – Mrs d'Eschemizerre – certifie qu'il a quitté l'appartement hier soir, pendant que nous étions au restaurant. Et vous, vous certifiez qu'il n'est pas sorti de l'immeuble. C'est un problème sans solution.

– Tout problème a sa solution, affirma le portier. C'est ce que dit l'un de mes collègues. Simplement, il faut parfois du temps pour la découvrir. Y compris quand on l'a sous son nez.

Sous son chapeau à larges bords, il lança un sourire aux enfants Baudelaire, qui le regardèrent se diriger vers la double porte de l'ascenseur. Là, il ouvrit son flacon de colle, déposa un petit pâté gluant sur une porte, puis il y appliqua l'étoile de mer en pressant fort.

Regarder quelqu'un coller quelque chose n'a rien de particulièrement passionnant. Violette et Prunille ne tardèrent pas à rendre leur attention au pique-nique et à l'énigme de la disparition de Gunther. Klaus, en revanche, l'air hébété, gardait les yeux sur le portier. Il le contemplait si fixement qu'on aurait pu croire son regard collé à son tour – au point de rester sur la porte lorsque l'homme, sa mission achevée, regagna son poste à l'entrée.

La vérité est qu'en mastiquant, les yeux sur la fausse étoile de mer qui ornait à présent la porte d'ascenseur, Klaus venait de faire une découverte. Le portier disait vrai ; parfois, la solution, on l'avait sous le nez.

Chapitre VII

Quand on connaît quelqu'un depuis longtemps, on est habitué à ses réactions, ses bizarreries, ces petites manies qui n'appartiennent qu'à lui – ses *idiosyncrasies*, comme disent les psychologues.

Par exemple, Prunille Baudelaire connaissait sa grande sœur depuis un certain temps déjà, et elle savait que, lorsque Violette nouait ses cheveux de manière à se dégager le front, c'était pour réfléchir à une invention. Violette, de son côté, connaissait Prunille depuis le même laps de temps, et elle savait que, lorsque sa petite sœur s'écriait : « Fridjip ? », cela signifiait : « Comment peux-tu t'intéresser aux ascenseurs quand nous sommes dans le pétrin jusqu'au cou ? » Et les deux demoiselles Baudelaire connaissaient suffisamment bien leur frère pour savoir que, lorsqu'il ne prêtait plus attention à ce qui l'entourait, c'était le signe qu'il se concentrait intensément. Or c'était très exactement ce que faisait Klaus, ce jour-là, après leur petit casse-croûte.

Le portier ne s'était pas laissé fléchir. Interdiction absolue, pour eux, de regagner l'appartement d'Eschemizerre. Aussi, leur pique-nique achevé, restaient-ils sagement assis au bas de l'escalier du 667, boulevard Noir. Ce contretemps présentait l'avantage de reposer un peu leurs jambes, qui n'avaient jamais été aussi lasses depuis que le comte Olaf, déguisé en entraîneur sportif, les avait fait courir des heures durant, lors de sa dernière entourloupe[1].

Une excellente activité, quand on se repose les jambes, est de faire marcher sa langue en parlant de choses et d'autres. Violette et Prunille ne s'en privaient pas, même si elles parlaient d'une chose plus que d'autres : l'étrange disparition de Gunther après son étrange apparition. Klaus, en revanche, ne participait guère à la conversation. À peine s'il marmottait vaguement lorsque ses sœurs le pressaient de questions, du genre : « Mais enfin, où peut bien être passé Gunther ? », ou : « À ton avis, qu'est-ce qu'il a en tête ? », ou encore : « Toupoui ? » ou : « Frichtu ? ». Pour finir, Violette et Prunille conclurent qu'il était sans doute en train de se concentrer, et elles le laissèrent en paix.

Elles devisaient ensemble à mi-voix lorsque le portier salua Jérôme et Esmé qui rentraient.

– Bonsoir, Jérôme, dit Violette. Bonsoir, Esmé.

– Tretchev ! lança Prunille de sa petite voix pointue, autrement dit : « Bon retour ! »

---

1. Voir le tome V, *Piège au collège*.

Klaus marmonna un vague borborygme.

– Vous trois en bas ? s'écria Jérôme. Quelle bonne surprise ! La grimpette va paraître moins longue.

– Et vous allez pouvoir nous aider à monter les caisses de pschitt-persil qui sont empilées dehors, dit Esmé. Ça m'évitera de me casser les ongles.

– Ce serait avec joie, mentit Violette, mais le portier nous a défendu de remonter à l'appartement.

Jérôme fronça les sourcils.

– Défendu ? Comment ça, défendu ?

– Vous m'avez donné des instructions très strictes, Mrs d'Eschemizerre. Interdiction pour ces enfants de regagner l'appartement tant que Gunther n'aurait pas quitté l'immeuble. Et il n'a toujours pas quitté l'immeuble.

– Ne dites donc pas de sottises ! siffla Esmé. Il a quitté l'appartement hier soir. Vous nous faites un sacré portier !

– En réalité, je suis acteur, rétorqua le portier. Mais ça ne m'empêche pas de savoir qu'un ordre est un ordre.

Esmé le toisa d'un regard implacable – son regard de conseiller financier, sans doute.

– Eh bien, l'ordre a changé. Vous avez à présent pour ordre de me laisser ramener mes orphelins chez moi, immédiatement et sans délai. Compris ?

– Compris, s'inclina le portier.

– Parfait, conclut Esmé, et elle se tourna vers les enfants. Assez traîné, vous trois. Violette et Machin-chose, vous pouvez monter chacun une caisse de pschitt-persil, Jérôme montera le reste. La mouflette ne peut rien porter, j'imagine, mais bon tant pis, c'est comme ça. Allez, allez, on se remue !

Les enfants Baudelaire se remuèrent, et l'instant d'après la petite caravane attaquait l'escalade des soixante-six étages. Les enfants avaient vaguement espéré qu'Esmé les aiderait à porter ces caisses, mais le sixième conseiller financier de la ville estimait plus important de raconter sa journée que de venir en aide aux orphelins.

– Sa Majesté m'a tout révélé des dernières nouveautés *in*, gloussait-elle. Par exemple, les pamplemousses roses et les bols à céréales bleu canard ; les panneaux d'affichage en liège avec des photos de belette dessus ; les…

Tout au long de la longue ascension, Esmé récita la liste des dernières nouveautés *in* révélées par Son Altesse le roi de l'Arizona, et les sœurs Baudelaire prêtèrent une oreille attentive.

Oh ! ce n'est pas à la litanie d'Esmé qu'elles accordaient tant d'attention, bien sûr, mais aux bruits que laissaient filtrer les portes de chaque palier, afin de revérifier que Gunther ne se cachait pas derrière l'une d'elles. Ni Violette ni Prunille ne captèrent de son suspect, et elles auraient bien demandé à Klaus, très bas, si lui non plus n'entendait pas de bruit gunthérien. Mais il était clairement si concentré qu'il n'accordait pas plus d'attention aux bruits en provenance des appartements qu'aux faux puits en pneus recyclés, aux pyjamas à fleurs vertes, aux films avec chutes d'eau et autres nouveautés *in* énumérées par Esmé.

– Oh ! et les papiers peints magenta, poursuivait Esmé comme ils achevaient leur dîner de mets *in* arrosés de pschitt-persil (ce dernier encore plus atroce que son nom ne le laissait prévoir). Et les tableaux Renaissance flamande dans des cadres en polystyrène. Et les napperons de papier imitant la véritable dentelle de Calais. Et les poubelles ornées de lettres de l'alphabet au pochoir. Et les ressorts à…

– S'il vous plaît, coupa Klaus – et ses sœurs sursautèrent, car c'était la première fois qu'il prononçait trois mots depuis le pique-nique au bas de l'escalier, s'il vous plaît, désolé de vous interrompre, mais on est très, très fatigués, mes sœurs et moi. Est-ce qu'on pourrait aller au lit ?

– Mais bien sûr, répondit Jérôme. Vous avez grand besoin de vous reposer. Surtout que, demain, c'est le jour des Enchères ! Je vous emmènerai à la salle Sanzun pour dix heures et demie pile, et nous pou…

– Sûrement pas, Jérôme ! intervint Esmé. Les trombones jaunes sont *in*, tu iras donc aux aurores dans le quartier des papetiers en faire une petite provision. C'est moi qui emmènerai les enfants à la vente.

– Ah bon, se résigna Jérôme avec un pâle sourire à l'intention des enfants. Esmé, tu vas border les petits ?

– Non, fit Esmé, le nez plissé sur son pschitt-persil. Replier des couvertures sur des lardons qui se tortillent, merci bien, quelle perte de temps ! À demain, les enfants.

– À demain, dit Violette, et elle bâilla ostensiblement.

Elle savait que si son frère demandait à se coucher, c'était pour leur dire enfin, à toutes deux, à quoi il réfléchissait si fort depuis des heures. Mais à vrai dire, après une nuit blanche et une journée bien remplie, l'aînée des Baudelaire se sentait authentiquement bonne à coucher.

– Bonne nuit, Esmé ; bonne nuit, Jérôme, acheva-t-elle en se levant. Pas la peine de venir nous border, merci.

– Alors, bonne nuit, les enfants, dit Jérôme. Oh, juste un détail : s'il vous plaît, si vous vous levez au milieu de la nuit pour combler un petit creux, essayez de ne pas faire trop de miettes, d'accord ?

Il y aurait de quoi nourrir une volée de moineaux sur le sol de cet appartement.

Les enfants échangèrent des coups d'œil furtifs ; leur secret riait dans leurs yeux.

– Oh pardon ! dit Violette. Demain, si vous voulez, nous passerons l'aspirateur.

– Les aspirateurs-traîneaux ! triompha Esmé. Je le savais, que j'oubliais quelque chose ! Et aussi les boules de coton, et tout ce qui est recouvert de chocolat en paillettes, et la…

Les orphelins Baudelaire ne tenaient pas à en entendre davantage, aussi emportèrent-ils leurs plateaux à la cuisine la plus proche. Puis ils longèrent un couloir orné d'andouillers de divers animaux, traversèrent un salon jaune safran, passèrent devant cinq salles d'eau, obliquèrent sur la gauche à travers un vestibule, et atteignirent enfin la chambre de Violette.

Là, ils s'assirent par terre dans un coin propice aux conciliabules, et Violette entama la séance aussitôt.

– Bon, et maintenant, Klaus, tu vas nous dire ce

qui te trotte dans la tête depuis le début de l'après-midi. Tu as une idée, j'en suis sûre. Il suffit de voir comment tu t'es déconnecté pendant des heures, suivant cette petite manie qui n'appartient qu'à toi.

– Les petites manies qui n'appartiennent qu'à nous s'appellent des *idiosyncrasies*.

– Stiblo ! fit Prunille, autrement dit : « Tu crois que c'est le moment d'enrichir notre vocabulaire ? Dis-nous plutôt ce que tu as en tête. »

– Désolé, dit Klaus. Voilà. Tout simplement, j'ai une petite hypothèse sur l'endroit où pourrait se cacher Gunther, mais le problème, c'est que je peux me tromper complètement. D'abord, Violette, j'ai une question pour toi. Est-ce que tu t'y connais en ascenseurs ?

– En ascenseurs ? Il se trouve que oui, un peu. Mon copain Ben – tu te souviens de lui ? – m'avait offert le schéma d'installation d'un ascenseur pour mes treize ans, et c'était tout à fait passionnant. Évidemment, tout ça est parti en fumée dans l'incendie, mais je revois bien le topo. En gros, un ascenseur est une espèce de plate-forme – entourée d'une cabine, bien sûr – qui se déplace le long d'un axe vertical au moyen de câbles de suspension actionnés par un treuil. Ajoute à ça des galets de roulement, un contrepoids, un guide-cabine, des amortisseurs, ce genre de choses. Pour le commander, il y a un tableau de bord à boutons, qui fait intervenir un système de freinage électromagnétique, de manière à immobiliser la cabine face aux points d'accès, à la demande des occupants. Bref, c'est une boîte qui monte et qui descend, en s'arrêtant aux endroits où l'on veut aller. Pourquoi cette question ?

– Fridjip ? s'enquit Prunille, autrement dit, nous le savons déjà : « Comment peux-tu t'intéresser aux ascenseurs quand nous sommes dans le pétrin jusqu'au cou ? »

– En fait, reprit Klaus, c'est le portier qui m'a mis sur la piste. Vous vous souvenez, cet après-midi, quand il nous a dit que parfois on avait la solution sous le nez ? À ce moment-là, il était en train de coller cette espèce d'étoile de mer en bois sur la porte de l'ascenseur…

– Oui, j'ai noté ça aussi, dit Violette. Plutôt hideuse, son étoile de mer.

– Tout ce qu'il y a de plus hideux, lui accorda Klaus, mais la question n'est pas là. Moi, ça m'a fait réfléchir à ces portes d'ascenseur. Sur ce palier, au dernier étage, il y a deux portes d'ascenseur – je veux dire, deux doubles portes. Alors qu'à tous les autres étages, il n'y a qu'*une* double porte.

– Exact, dit Violette. Et c'est un peu bizarre, maintenant que tu le dis. Ça signifie que l'un des ascenseurs ne peut s'arrêter qu'au dernier étage.

– Yelliverk ! commenta Prunille, autrement dit : « Ce deuxième ascenseur ne sert quasiment à rien ! »

– Pas sûr, la contredit Klaus, pas sûr. Parce qu'en réalité, si ça se trouve, il n'y a même pas d'ascenseur.

– Même pas d'ascenseur ? se récria Violette. Mais alors, ce serait pire ! La cage d'ascenseur serait vide ?

– Fiyett ? demanda Prunille.

– Non, lui expliqua Violette, une *cage* d'ascenseur n'est pas vraiment une cage, pas plus qu'une cage d'escalier ; c'est l'espèce de puits dans lequel il se déplace. On dit aussi la *gaine*, si tu préfères. En gros, c'est comme un couloir – un couloir vertical au lieu d'être horizontal.

– Oui, dit Klaus, et un couloir, ça peut mener à une cachette.

– Aha ! s'écria Prunille, autrement dit : « Je vois ! »

– Aha, absolument ! approuva Klaus. Imaginez : s'il a emprunté une cage d'ascenseur vide au lieu de descendre par l'escalier, rien d'étonnant si plus personne ne sait où il est ! Et moi, je suis prêt à parier que l'ascenseur n'a pas été condamné parce qu'il est *out*. Je soupçonne que, tout bêtement, c'est là que Gunther se cache.

– Mais pourquoi se cacher ? dit Violette. Qu'est-ce qu'il manigance au juste ?

– Ça, reconnut Klaus, pour le moment, boule de gomme ! Mais quelque chose me dit qu'un commencement de réponse se cache derrière ces portes coulissantes. Allons jeter un coup d'œil derrière la deuxième double porte. Si nous voyons tes fameux câbles, Violette, et ton guide-cabine, et tout ce que tu décris, bon, ce sera le signe qu'il y a vraiment un ascenseur. Sinon…

– Sinon, enchaîna Violette, c'est que nous sommes sur une piste. Allons-y de ce pas !

– Du calme, tempéra Klaus. Il va falloir faire très, très doucement. Je ne crois pas que Jérôme et Esmé aimeraient beaucoup nous voir rôder autour d'une cage d'ascenseur.

– Mais le jeu en vaut la chandelle, dit Violette. C'est notre seule chance d'y voir clair dans le petit manège de Gunther.

Hélas ! je ne suis pas certain, encore aujourd'hui, que le jeu en valait réellement la chandelle. Ou alors c'était une chandelle très coûteuse. Mais bien sûr les enfants Baudelaire ignoraient tout de la suite de l'histoire.

À pas de loup, d'un commun accord, ils prirent la direction du palier. À l'angle de chaque couloir, à la porte de chaque pièce, ils risquaient un coup d'œil prudent avant de s'aventurer plus loin, de peur de se retrouver nez à nez avec leurs tuteurs. Mais apparemment Jérôme et Esmé passaient la soirée dans un autre secteur de l'appartement, si bien que les trois enfants atteignirent l'entrée sans encombre – *encombre* signifiant ici : « rencontre indésirable avec un conseiller financier renommé ou avec son conjoint ».

Face à la porte d'entrée, ils hésitèrent. Et si elle grinçait ? Mais les charnières silencieuses étaient *in*, et le battant s'ouvrit sans un bruit. Les trois enfants, sur la pointe des pieds, s'avancèrent sur le palier jusqu'aux portes d'ascenseur.

– Bon, mais maintenant, souffla Violette, laquelle est la bonne ? Les deux sont strictement identiques.

– Je n'y avais pas réfléchi, avoua Klaus. Pourtant, si l'une d'elles est en réalité un passage secret, il doit bien y avoir un moyen de les distinguer.

À cet instant, Prunille tirailla sur les bas de pantalon de ses aînés, meilleur moyen d'attirer l'attention en silence quand on est haut comme trois pommes et qu'on se déplace à quatre pattes. Violette et Klaus baissèrent les yeux, et la petite, toujours sans un mot, indiqua du doigt les boutons placés à côté de chaque porte. La porte de gauche ne comportait qu'un bouton, sur lequel une flèche pointait vers le bas ; la porte de droite en comportait deux, l'un avec une flèche pointée vers le bas, l'autre avec une flèche pointée vers le haut. Les trois enfants méditèrent là-dessus un instant.

– Mais à quoi bon un bouton pour monter, souffla Violette, quand on est déjà au dernier étage ?

Et, sans attendre la réponse, elle pressa du doigt la flèche pointée vers le haut. Avec un bruissement très doux, la porte à double glissière s'ouvrit. Les enfants tendirent le cou pour regarder à l'intérieur, prudemment, sans trop se pencher, et ils eurent un choc.

– Lakri, fit Prunille, autrement dit : « Pas l'ombre d'un câble. »

– Et pas de guide-cabine non plus, dit Violette. Ni de contrepoids, ni d'interrupteur de fin de course, ni rien de ce qu'il devrait y avoir. (Elle allongea le cou pour mieux regarder vers le bas.) Et... pas trace de cabine non plus.

– Je le savais ! triompha Klaus tout bas. Je le savais, que cet ascenseur était du toc. Un faux-semblant. Un trompe-l'œil !

À vrai dire, *faux-semblant* et *trompe-l'œil* sont tous deux des mots escrocs. Pour commencer, un « faux-semblant » devrait s'appeler un vrai-semblant : il n'est pas fait pour sembler faux, mais pour sembler vrai. Quant au « trompe-l'œil », ce n'est pas l'œil qu'il trompe – l'œil voit ce qu'il voit – mais le cerveau. Quoi qu'il en soit, ce faux ascenseur semblant vrai avait trompé trois jeunes cerveaux, mais il était à présent démasqué. En fait d'ascenseur, il s'agissait bien d'un passage secret – un passage secret vertical, noir, terrifiant, pareil à un puits.

Longtemps les trois enfants contemplèrent ce gouffre à leurs pieds. Il leur semblait se tenir au bord d'un précipice, plus profond, plus vertigineux que tout ce qu'ils avaient vu jusqu'alors.

C'était comme un puits de mine sans fond, mais le pire en était l'obscurité absolue – plus noire que le boulevard Noir le jour de leur arrivée, plus noire qu'une nuit sans lune et sans étoiles, plus noire qu'une panthère noire enrobée de goudron en train de dévorer de la réglisse au plus profond de la mer Noire, plus noire que leurs pires cauchemars. Non, jamais Violette, ni Klaus, ni Prunille n'avaient imaginé qu'il pût exister quelque chose d'aussi noir, et cette obscurité semblait prête à les happer, à les engloutir, à les priver à jamais de la plus petite étincelle de lumière.

– Il va falloir descendre là, dit Violette au bout d'un moment, tout en refusant d'y croire.

– Je ne suis pas sûr d'en avoir le courage, avoua Klaus. Vous avez vu comme c'est noir ? Il y a de quoi mourir de peur.

– Prollit, fit remarquer Prunille, autrement dit : « Mais c'est quand même moins horrible que ce que Gunther risque de nous faire, si nous ne déjouons pas ses plans. »

– Et si nous disions tout à Jérôme et Esmé ? suggéra Klaus. Ce serait à eux d'aller voir où mène ce passage secret.

– Tu sais bien qu'il faudrait discuter, rappela Violette. Discuter des heures, peut-être en pure perte, et nous n'avons pas le temps. Tu oublies que Duncan et Isadora sont aux mains de Gunther.

– Non, non, j'y pense, répondit Klaus d'un ton sombre. J'y pense tout le temps, mais comment comptes-tu faire pour descendre là-dedans ? Tu vois une échelle, toi ? Un escalier ?

– Il va falloir descendre en rappel, dit Violette. En rappel le long de la paroi, avec une corde. Bon, mais où trouver une corde à cette heure-ci ? Tous les magasins sont fermés.

– Les d'Eschemizerre ont bien sûrement une corde quelque part, avança Klaus. Allons faire des recherches, chacun de son côté. Rendez-vous ici dans un quart d'heure.

Violette et Prunille acquiescèrent, et les trois enfants, toujours sur la pointe des pieds, regagnèrent l'appartement pour une fouille en règle à la recherche d'une corde.

Ils se sentaient comme des cambrioleurs, et pourtant il semble bien que, dans toute l'histoire du cambriolage, cinq voleurs seulement se soient spécialisés dans le vol de cordes. Tous les cinq ayant été jetés en prison, on comprend que peu de gens prennent la peine de mettre sous clé leurs stocks de cordes, et cependant, à leur dépit, les enfants ne purent trouver où les d'Eschemizerre rangeaient le leur – pour la bonne raison, à peu près sûrement, qu'ils n'avaient chez eux pas l'ombre d'une corde.

– Pas l'ombre d'une corde, avoua Violette, piteuse, en rejoignant son frère et sa sœur. Mais bon, j'ai trouvé ces rallonges électriques, qui devraient pouvoir faire l'affaire.

– Pas l'ombre d'une corde, avoua Klaus. Mais bon, j'ai décroché ces cordons de rideaux, qui devraient pouvoir faire l'affaire.

– Armani, déclara Prunille, et elle déposa devant ses aînés une grande brassée de cravates chics.

– Bon, ça va au moins nous permettre de confectionner une similicorde, dit Violette, pour descendre dans la cage de ce simili-ascenseur. Attachons tout ça bout à bout au moyen de la langue-du-diable.

– Langue du diable ? répéta Klaus.

– Oui, c'est le nom d'un nœud, expliqua Violette. Inventé en Finlande au XVe siècle par une bande de femmes pirates. C'est celui dont je m'étais servie pour confectionner ce grappin, souviens-toi, le jour où Olaf Face-de-rat avait accroché Prunille en haut de sa tour, dans une cage[1]. Un nœud solide en diable, qui sera parfait ici. Il nous faut un cordage d'une sacrée longueur, le plus long possible. Allez savoir ! Si ça se trouve, ce passage secret descend jusqu'en bas de l'immeuble.

– Je dirais même jusqu'au cœur de la Terre, à le voir, assura Klaus. En tout cas, j'ai peine à y croire : après avoir passé notre temps à essayer

---

1. Voir le tome I, *Tout commence mal…*

d'échapper au comte Olaf, voilà que maintenant nous essayons de le rattraper !

– Moi aussi, j'ai peine à y croire, reconnut Violette. Si ce n'était pas pour les Beauxdraps, je ne descendrais pas dans ce trou contre tout l'or du monde !

– Banguimpe, rappela Prunille. Ce qui signifiait, en gros : « Oui, mais sans les Beauxdraps, c'est nous qui serions aux mains d'Olaf, à l'heure qu'il est. »

Ses aînés approuvèrent en silence. Violette montra à ses cadets comment exécuter le nœud langue-du-diable, et les trois enfants, sans perdre un instant, se mirent en devoir de nouer les câbles électriques aux cordons de rideaux, puis les cordons de rideaux aux cravates, et enfin de nouer la dernière cravate au point d'ancrage le plus solide de tout le palier, lequel se trouva être le bouton de porte de l'appartement d'Eschemizerre. Violette vérifia le travail de ses cadets et donna à la corde une petite secousse satisfaite.

– Je crois que ça devrait tenir, dit-elle. Sans

problème. J'espère seulement que c'est assez long.

– Et si nous faisions descendre la corde le long du puits ? suggéra Klaus. Je veux dire, le long de la cage d'ascenseur, pour voir si on entend *cling !* en bas. Comme ça, on saura s'il y a assez de longueur.

– Excellente idée, dit Violette.

Joignant le geste à la parole, elle gagna le bord de l'abrupt et, d'une main énergique, lança dans l'obscurité le bout de leur cordage de fortune. Les enfants regardèrent le long serpent de câbles électriques, de cordons de rideaux et de cravates chics se dérouler de plus en plus vivement, comme s'il s'éveillait pour se couler dans le puits noir. La similicorde glissait, glissait, et les enfants se penchaient, se penchaient, souffle bloqué, tendant l'oreille.

Et pour finir un *clink !* ténu, à peine audible, remonta des profondeurs, comme si la première rallonge électrique, en bas, venait de heurter un objet métallique. Les trois enfants se regardèrent. L'idée de descendre si bas, si bas, dans l'obscurité complète, accrochés à une similicorde, ne leur disait rien qui vaille, et pour un peu ils auraient tourné les talons pour aller se fourrer dans leurs lits, les couvertures sur la tête.

– Prêts ? demanda Klaus pour finir.

– Non, répondit Prunille.

– Moi non plus, répondit Violette. Mais si on attend d'être prêts, on y sera encore à la fin de nos jours. On y va !

Une dernière fois, elle tira un bon coup sur la corde pour vérifier sa solidité, puis lentement, précautionneusement, elle s'engagea par-dessus bord et le long de la paroi sombre. Klaus et Prunille la regardèrent disparaître dans l'obscurité, comme happée par un gosier béant.

– Venez ! l'entendirent-ils chuchoter. Ça va, c'est tout bon.

Klaus souffla dans ses mains, Prunille souffla dans les siennes, et les deux cadets suivirent dans le noir gosier de la bête.

Immédiatement ils découvrirent que leur aînée les avait trompés. Non, ce n'était pas « tout bon ». Ce n'était même pas bon à moitié. Ce ne l'était pas à dix pour cent. Ce ne l'était pas à trois pour mille. Descendre le long de ce puits obscur, c'était comme d'être précipité dans les oubliettes d'un donjon et, de tous les exercices périlleux auxquels ils s'étaient livrés jusqu'alors, c'était, de loin, le moins « tout bon ».

Leurs mains crispées sur le cordage étaient tout ce qu'ils distinguaient, car, même lorsque leurs yeux se furent accoutumés à l'obscurité, ils étaient bien trop terrifiés pour oser regarder ailleurs, et en particulier vers le bas. Les tintements de la dernière rallonge étaient tout ce qu'ils entendaient, car ils avaient la gorge trop nouée pour émettre un son. Et leur terreur à l'état brut était tout ce qu'ils ressentaient, terreur si totale, si intense que, pour ma part, je ne peux dormir qu'avec trois veilleuses allumées depuis le jour où j'ai moi-même visité le 667, boulevard Noir et vu, de mes yeux vu, le vertigineux abrupt que ces trois-là descendirent en rappel.

J'ai pu voir aussi, lors de cette visite, ce que les enfants aperçurent lorsqu'ils distinguèrent enfin le fond du puits, après plus de trois heures de descente.

À ce stade, ils voyaient dans le noir à peu près aussi bien que des chats, et ils discernèrent l'objet de métal contre lequel tintait gaiement la dernière rallonge électrique. C'était un cadenas, un gros cadenas qui fermait une trappe de fer. Ladite trappe était soudée à des barreaux de fer, et ces barreaux de fer composaient une sorte de cage rouillée. À l'époque où mon enquête a fini par me conduire en ces lieux, la cage était vide depuis longtemps. Mais elle n'était certes pas vide le jour où les enfants Baudelaire l'atteignirent.

Lorsqu'ils touchèrent le fond du puits, les orphelins regardèrent à l'intérieur de la cage.

Là tremblaient deux formes blotties, étrangement familières.

Isadora et Duncan Beauxdraps.

Chapitre VIII

– Voilà que je rêve les yeux ouverts, marmotta Duncan, incrédule. Soit je déraille, soit je suis en plein rêve.

– Tu crois ? murmura Isadora. Tu crois que ça se peut, deux personnes qui font le même rêve en même temps ?

– Ça me rappelle une histoire que j'ai lue un jour, reprit Duncan, la voix basse et rauque. C'était une journaliste, en pleine guerre. Prisonnière de l'ennemi depuis trois ans. Tous les matins, elle regardait par la fenêtre de sa cellule, et elle croyait voir ses grands-parents venus la libérer. Mais bien sûr, ils n'étaient pas là. C'était une hallucination.

– Et moi, chuchota Isadora, j'ai lu l'histoire d'un poète qui croyait voir, tous les mardis soir, six jolies filles dans sa cuisine. Sauf que sa cuisine était déserte. C'était un fantasme.

– Mais non, leur dit Violette. (Elle passa une main à travers les barreaux, et les jeunes Beauxdraps se recroquevillèrent à l'autre bout de la cage, comme si leur amie de collège était une araignée venimeuse.) Mais non, ce n'est pas une hallucination. C'est bien moi, Violette Baudelaire.

– Et c'est bien moi, Klaus Baudelaire, dit Klaus. Je ne suis pas un fantasme.

– Pruni ! fit Prunille.

Tout en parlant, les enfants Baudelaire scrutaient la pénombre. À présent qu'ils avaient les pieds sur un sol ferme et horizontal, examiner l'endroit redevenait possible, même si le décor n'avait rien de riant. Leur longue descente les avait menés dans un cagibi crasseux, noir comme un four, apparemment vide à l'exception de cette grande cage rouillée. Dans la paroi du fond s'ouvrait ce qui semblait être un couloir, une sorte de boyau qui obliquait aussitôt pour se poursuivre on ne savait où.

Le spectacle de leurs amis en cage n'était pas plus réjouissant. Dépenaillés, barbouillés de crasse, ils semblaient tellement changés que Violette, Klaus et Prunille ne les auraient peut-être pas reconnus sans ce signe distinctif, les carnets de notes dont les deux triplés ne se séparaient jamais.

Mais ce n'étaient ni la crasse ni le triste état de leurs vêtements qui rendaient méconnaissables Isadora et Duncan. C'était quelque chose dans leurs yeux, des yeux qui criaient la fatigue, la faim, la frayeur absolue. En vérité, ils avaient le regard hanté. L'adjectif « hanté », vous le savez, s'applique surtout à des lieux – grenier, cimetière, collège, partout où patrouillent des fantômes –, mais parfois aussi à des êtres, à ceux qui ont vu, entendu, vécu des choses tellement horribles qu'on jurerait que des fantômes les habitent. Les enfants Beauxdraps avaient ce regard-là, et les enfants Baudelaire en eurent le cœur brisé.

– C'est vous ? C'est vraiment vous ? murmurait Duncan, clignant des yeux au fond de la cage.

– Mais oui, c'est nous, répéta Violette, les yeux embués.

– C'est eux, c'est les Baudelaire ! dit Isadora d'une voix étranglée, la main tendue vers celle de Violette. Ce n'est pas un rêve, Duncan ! C'est bien eux en vrai.

Klaus et Prunille à leur tour passèrent les bras entre les barreaux. Duncan quitta le fond de la cage pour venir toucher ses amis. Et les cinq enfants s'étreignirent à travers la carcasse de fer, mi-pleurant, mi-riant, bouleversés de s'être retrouvés.

– Mais comment avez-vous fait pour savoir que nous étions là ? s'étonna Isadora. Alors que nous, les premiers, on ne sait même pas où on est !

– Vous êtes dans un passage secret au 667, boulevard Noir, répondit Klaus. Mais en réalité, nous non plus, on ne savait pas que vous étiez là. On était juste en train d'essayer de découvrir ce que trafique Gunther – oui, c'est le nouveau nom d'Olaf Face-de-rat, ces temps-ci. Et c'est pour ça qu'on est descendus ici.

– Oh ! le nouveau nom d'Olaf, on connaît, dit Duncan avec un frisson. Et même ce qu'il mijote, on le sait. (Tout en parlant, il ouvrait son carnet – qui devait être vert, se souvenaient les enfants, mais semblait noir dans la pénombre.) Chaque fois qu'il nous voit, c'est plus fort que lui, il faut qu'il fanfaronne. Il nous dit qu'il va faire ci, et ci, et ça. Et moi, dès qu'il a le dos tourné, j'écris tout pour ne pas oublier. On peut être au fond d'un cachot et rester quand même journaliste.

– Ou rester poète, dit Isadora, ouvrant à son tour son carnet – qui devait être noir, se souvenaient les enfants, et qui semblait plus noir que jamais. Écoutez ça :

Au soir de la vente, après les Enchères,
Gunther nous emporte au diable vauvert.

– Vous emporte ? s'écria Violette. Et il compte s'y prendre comment ? La police est sur les dents, depuis votre enlèvement. Vous êtes recherchés partout, et lui aussi est recherché.

– Oh ! je sais, dit Duncan. Mais justement. Gunther veut nous emmener clandestinement, pour aller nous cacher sur une île, une île connue de lui seul où personne n'ira nous chercher. Il compte nous tenir prisonniers là-bas jusqu'à notre majorité – jusqu'à ce qu'il puisse faire main basse sur les saphirs Beauxdraps. Et après ça, il dit, il nous…

– Arrête ! protesta Isadora, se couvrant les oreilles. Il nous a dit tant et tant d'horreurs ! Je ne veux plus les entendre.

– Ne t'en fais pas, la rassura Klaus. Nous allons alerter la police vite fait. Il n'aura pas le temps de dire ouf qu'il se fera coffrer presto.

– Sauf qu'il est déjà presque trop tard, dit Duncan. Les Enchères *In*, c'est demain matin. Il a prévu de nous cacher dans l'un des objets mis en vente, et un de ses complices s'arrangera pour enchérir à sa place et emporter le lot.

– Vous cacher dans *l'un des objets* ? s'écria Violette. Vous savez lequel ?

Ducan rouvrit son carnet, le front plissé pour déchiffrer dans la pénombre. Il le feuilleta un instant. À la vue de certaines des horreurs que leur avait dites Gunther, ses yeux s'écarquillaient d'effroi.

– Pas moyen de retrouver, il n'a pas dû nous le dire, avoua-t-il pour finir. Si tu savais, Violette, tout ce qu'il a pu nous raconter. Quels secrets abominables ! Quelles histoires à faire des cauchemars ! Des machinations ; des diableries ; des perfidies passées ou à venir. Et moi, j'ai tout consigné dans ce carnet, de V.D.C. jusqu'à cette affreuse combine de vente aux enchères.

– Bon, coupa Klaus, on discutera de tout ça plus tard. Pour le moment, il y a plus urgent. Et d'abord vous sortir de cette cage. Violette, ce cadenas, tu peux le crocheter ?

Violette saisit le cadenas et l'examina sous toutes ses coutures. Il faisait si sombre qu'elle avait le nez dessus.

– Hmm, pas sûr, dit-elle. Il a dû se procurer quelques cadenas pas piqués des hannetons, depuis le jour où j'ai réussi à ouvrir sa valise, du temps de l'oncle Monty. Avec des outils, j'y arriverais peut-être. À mains nues, aucune chance.

– Aguéni ? s'enquit Prunille, autrement dit : « Et si on sciait les barreaux ? »

– Scier les barreaux… dit Violette très bas, comme pour elle-même. Hmm. Pas le temps de confectionner une scie. À moins que…

Elle n'acheva pas, mais les autres enfants la virent, dans la pénombre, tirer un ruban de sa poche et attacher ses cheveux pour se dégager le front.

– Regarde, Duncan, souffla Isadora. Tu as vu ? Elle invente ! Elle va nous sortir de là en moins de deux !

– Tous les soirs, depuis notre enlèvement, murmura Duncan à l'intention de Klaus et Prunille, nous avons rêvé de ce spectacle, Violette Baudelaire en train d'inventer de quoi nous délivrer.

– Le problème, dit Violette sans cesser de réfléchir furieusement, c'est qu'avant de vous délivrer il va falloir qu'on remonte à l'appartement vite fait.

– Ooh non ! gémit Isadora. Vous allez nous laisser tout seuls ?

– Malheureusement, oui, soupira Violette. Pour faire vite, il me faut de l'aide. J'ai besoin de Klaus et Prunille. Prunille, commence à monter. Klaus et moi te suivons.

– Onosiou, fit Prunille, ce qui signifiait : « Bien, chef. »

Klaus la hissa à hauteur de la corde et elle s'y agrippa de ses petites mains pour entamer la longue remontée. L'instant d'après, il s'élançait à sa suite.

Violette serra très fort les mains de ses amis.

– Nous revenons, promit-elle. Le plus vite possible. Surtout, ne vous en faites pas. Nous allons vous sortir de là en moins de deux.

Expression qui signifie : « très vite », mais qui n'est pas d'une grande logique ; on ne précise jamais : « deux » quoi.

– Violette, commença Duncan, cherchant une page dans son carnet, s'il arrivait quelque chose…

Si c'était comme la dernière fois, laisse-moi te dire au moins…

Violette mit un doigt sur sa bouche.

– Chut ! Tout ira bien, cette fois. J'en suis sûre.

– Mais au cas-z-où, insista Duncan. Qu'au moins vous soyez au courant, pour V.D.C. Avant la vente, en tout cas…

– Non, non, plus le temps, coupa Violette. Tu nous diras tout ça bientôt, quand on sera sortis de cette mauvaise passe.

Elle empoigna la rallonge électrique qui se trémoussait sous son nez, et entama l'ascension à son tour.

– À tout à l'heure ! lança-t-elle à Duncan et Isadora, qui n'étaient déjà plus que deux formes dans l'ombre. On revient très vite ! répéta-t-elle, juste comme l'obscurité achevait de les happer.

La remontée au dernier étage se révéla bien plus fatigante, mais bien moins terrifiante que la descente ; il est toujours rassurant de savoir ce qu'on va trouver à l'autre bout. Là-haut, tout là-haut, il y avait l'appartement de soixante et onze chambres, et, dans ces soixante et onze chambres, sans parler de la centaine de salles de séjour, salles à manger, salles de billard et autres, Violette espérait bien trouver de quoi délivrer leurs amis.

– Écoutez-moi, dit-elle à ses cadets au bout de quelques minutes d'escalade, une fois là-haut, il va falloir fouiller l'appartement.

– Quoi ? dit Klaus, risquant un coup d'œil vers son aînée en contrebas. On a déjà fait ça ce matin ; ou plutôt hier, vu l'heure. Tu te souviens ?

– Oui, mais cette fois ce n'est pas Gunther qu'on va chercher. Ce sont des objets en fer longs et minces.

– Agoula ? s'enquit Prunille, autrement dit : « Pour quoi faire ? »

– Pour fabriquer des fers à souder. Ou à dessouder, plus exactement. Bref, des outils capables de faire fondre deux ou trois barreaux de cette cage. La technique, c'est d'appliquer quelque chose de très chaud contre le métal. Il devient mou et malléable. De cette manière, on fait des soudures ; mais on doit pouvoir aussi ménager une ouverture à cette cage, juste assez grande pour sortir de là Duncan et Isadora.

– Bonne idée, dit Klaus, mais j'aurais cru qu'il fallait un équipement spécialisé…

– En principe, oui, bien sûr. Normalement, on se sert de chalumeaux ou de lampes à souder, qui crachent de petites flammes brûlantes. Mais Jérôme et Esmé n'ont sûrement pas de lampe à souder ; vous savez bien, les outils sont *out*. Donc, on va s'y prendre autrement. Quand vous aurez trouvé des objets en fer longs et minces, venez me rejoindre dans la cuisine la plus proche de l'entrée.

– Seltrep, précisa Prunille, autrement dit : « Celle avec le fourneau bleu canard. »

– Exactement, dit Violette, et c'est avec ce fourneau bleu canard que je transformerai ces objets en fers à souder. Je les chaufferai au maximum – on dit « chauffer à blanc » –, et nous redescendrons fissa pour aller faire fondre ces barreaux.

– Tu crois que les fers resteront assez chauds ? s'inquiéta Klaus. Tu crois qu'ils seront encore brûlants au bout de la descente ?

– Je l'espère bien, dit Violette d'une voix blanche. C'est notre seul espoir.

Ces deux mots accolés, « seul espoir », font toujours un peu froid dans le dos ; si cet espoir-là est déçu, plus de recours. Et les trois enfants, grimpant toujours, avaient en effet froid dans le dos, malgré l'effort de l'ascension. Ils se turent, refusant de songer à la suite de l'histoire si l'invention de Violette échouait. Enfin, ils virent pointer au-dessus d'eux la lueur du palier, et peu après ils se retrouvèrent sur le paillasson de l'appartement d'Eschemizerre.

– N'oubliez pas, chuchota Violette. De longs objets minces en fer. Attention : ni or, ni bronze, ni argent. Au four, ces métaux-là fondraient. Bon, rendez-vous à la cuisine.

Ses cadets hochèrent la tête gravement et partirent dans deux directions opposées, chacun le long d'une piste de miettes, tandis que Violette gagnait directement la cuisine au fourneau bleu canard.

Là, elle promena son regard sur les étagères, la mine incertaine. Cuisiner n'avait jamais été son fort – sauf peut-être faire griller le pain, et encore lui arrivait-il d'obtenir du charbon de bois. Aussi l'idée d'utiliser le four sans la surveillance d'un adulte ne lui plaisait-elle qu'à moitié. D'un autre côté, elle avait accompli tant de choses, ces temps derniers, sans la surveillance d'un adulte !

À cette pensée, Violette reprit un peu d'assurance. Elle alluma le four bleu canard, le régla sur la puissance maximale, puis, tandis qu'il chauffait, elle entreprit de fureter sans bruit dans les tiroirs de la cuisine, à la recherche de trois gants de four. Les gants de four, vous le savez sûrement, sont ces espèces de moufles isolantes dans lesquelles on glisse les mains pour manier les plats brûlants sans se faire rôtir la peau. Ces protections, raisonnait Violette, allaient être indispensables pour tenir les fers à souder.

Elle désespérait d'en trouver lorsque, au fond du neuvième tiroir du buffet, elle dénicha trois superbes gants de four, épais à souhait, brodés de l'élégant logo *Boutique In*. À la même seconde, Klaus et Prunille firent irruption dans la cuisine.

– Jackpot ! chuchotèrent-ils en chœur, autrement dit : « Vois les beaux fers à souder ! »

Et Klaus compléta, brandissant fièrement trois tisonniers :

– Apparemment, les feux de bois ont dû être *in* à un moment donné. En tout cas, Prunille s'est souvenue de ce séjour à six cheminées, entre la salle de bal aux murs verts et la salle de bains avec ce drôle de lavabo, tu sais, en huître géante. À côté des cheminées, il y avait ces trucs-machins, des tisonniers, je crois – pour remuer les bûches et attiser le feu, quelque chose comme ça. Je me suis dit que si ça pouvait grattouiller des braises, ça devait pouvoir supporter le four.

– Bien vu, vous deux, approuva Violette. Jackpot, en effet. Ces tisonniers seront parfaits. Maintenant, je vais ouvrir la porte du four, et toi, Klaus, tu vas m'aider à y enfourner les tisonniers. Prunille, recule, s'il te plaît. Jamais de bébé près d'un four brûlant.

– Pravoutli, dit Prunille. Ce qui signifiait quelque chose comme : « Même à quatorze ans, on ne devrait jamais se servir d'un four sans la surveillance d'un adulte. »

Mais Prunille mesurait l'urgence de la situation et docilement, à quatre pattes, elle alla s'asseoir à l'autre bout de la cuisine.

Comme la plupart des fours domestiques, le fourneau bleu canard était prévu pour la cuisson des cakes et des gigots, pas pour celle des tisonniers, si bien que sa porte vitrée refusa de se refermer complètement. En conséquence, tandis que les enfants attendaient de voir leurs tisonniers se changer en fers à souder, la cuisine entière se changea en four, l'air chaud s'échappant joyeusement par la porte vitrée entrebâillée.

– Kaya ? s'informa Prunille au bout d'un moment.

– Pas tout à fait, répondit Violette, glissant un coup d'œil prudent à la fente. Le bout commence juste à jaunir. Il faut qu'il devienne blanc. Tout blanc. Il y en a encore pour quelques minutes.

– Je suis inquiet, dit Klaus. Je veux dire : anxieux. Anxieux à l'idée que les Beauxdraps sont tout seuls.

– Moi aussi, je suis anxieuse, avoua Violette ; mais que veux-tu faire ? Si nous sortions nos tisonniers maintenant, ils seraient froids avant d'arriver en bas.

Ils se résignèrent en silence. Et, tandis qu'ils attendaient patiemment, les trois enfants eurent l'impression que la cuisine se transformait sous leurs yeux. Dans leur fouille de l'appartement, la veille, ils avaient exploré toutes sortes de pièces – salles de ceci, salles de cela, sans parler d'une collection de salles qui semblaient bien ne servir à rien –, et pourtant il était une pièce qui manquait à l'appartement : une salle d'attente.

Une salle d'attente, en général, est une pièce assez peu meublée, mais avec une armée de sièges, des tas de magazines écornés et des tableaux mièvres aux murs – « mièvre » signifiant ici : « montrant des chevaux dans un pré ou des chatons dans un panier ». C'est là que médecins et dentistes font patienter leurs patients avant de leur faire mille misères à des tarifs exorbitants. Il est rarissime de trouver une salle d'attente dans un logement, même dans un appartement aussi grand que celui des d'Eschemizerre, pour la bonne et simple raison qu'une salle d'attente est une pièce à mourir d'ennui, dont personne ne voudrait chez soi.

Pourtant, tout en attendant que leurs fers à souder soient brûlants, les enfants Baudelaire eurent l'impression que les salles d'attente étaient soudain *in*, et qu'Esmé, instantanément, venait d'en créer une dans cette cuisine. Non, les buffets ne s'ornaient pas de chevaux ni de chatons ; non, il n'y avait pas non plus de magazines éculés sur la table ; mais tandis que les tisonniers viraient du jaune à l'orange, et de l'orange au rouge vif, et du rouge vif au blanc, les trois enfants se sentaient pris des mêmes démangeaisons anxieuses que lorsqu'ils s'apprêtaient à passer entre les mains d'un professionnel de la santé.

Enfin les tisonniers, dûment chauffés à blanc, furent prêts pour leur rendez-vous avec les barreaux de la cage. Violette tendit un gant de four à chacun de ses cadets, elle enfila le troisième et, retenant son souffle, sortit l'un après l'autre les tisonniers du four.

– Tenez-les bien droits et faites très attention, dit-elle en remettant à chacun son outil. C'est assez brûlant pour faire fondre du métal, alors songez à ce que ça pourrait faire à un nez. Mais on va y arriver, j'en suis sûre.

– Ça va être acrobatique de descendre d'une main, dit Klaus, suivant ses sœurs vers le palier. (Il tenait son tisonnier droit comme un cierge, attentif à n'effleurer rien ni personne.) Mais on va y arriver, j'en suis sûr.

– Zélestin, déclara Prunille comme ils atteignaient la porte du simili-ascenseur, autrement dit : « Quel cauchemar de redescendre là-dedans ! » À quoi elle s'empressa d'ajouter : « Hennipy », autrement dit : « Mais on va y arriver, j'en suis sûre. »

Et elle en était aussi convaincue que ses aînés.

Les trois enfants regardèrent, sans un mot, s'ouvrir la double porte coulissante, mais cette fois ils ne prirent pas le temps de rassembler leur courage. Leurs fers à souder étaient brûlants, comme l'avait souligné Violette ; descendre s'annonçait acrobatique, comme l'avait souligné Klaus ; et cauchemardesque, comme l'avait souligné Prunille. Mais les trois enfants étaient sûrs d'y arriver. Leurs amis comptaient sur eux, et les orphelins avaient confiance : ce « seul espoir » ne les trahirait pas.

Chapitre IX

On dit souvent que les choses pénibles deviennent moins pénibles avec le temps. Cette idée reçue a la vie dure, et pourtant c'est une arnaque. On vous la ressort, par exemple, quand vous apprenez à faire du vélo – comme si tomber de bicyclette et se couronner le genou était moins pénible la quatorzième fois

que la première ! La vérité est que les choses pénibles restent pénibles avec le temps, quel que soit le nombre de fois auquel on s'y frotte. Et le plus sage est encore d'éviter de s'y frotter, sauf absolue nécessité.

Cela dit, pour les enfants Baudelaire, refaire la longue, longue descente vers le fond de cette gaine d'ascenseur relevait de l'absolue nécessité. Leurs amis étaient en danger, et dessouder les barreaux de la cage était vraiment le seul moyen de les libérer avant que Gunther ne les cache dans l'un des objets vendus aux enchères, pour les emmener ensuite, en secret, le diable seul savait où.

À mon regret, je dois dire que l'absolue nécessité ne facilitait nullement la descente. Même avec leurs pointes de tisonniers chauffées à blanc, il faisait toujours aussi noir – noir comme une barre de chocolat extra-noir enveloppée de papier noir épais –, et la sensation de s'enfoncer dans la gueule d'un monstre était rigoureusement intacte. Avec pour seul accompagnement sonore le tintement de la dernière rallonge sur la cage, les enfants descendaient, descendaient d'une main, l'autre main crispée sur le tisonnier chauffé à blanc, et l'exercice n'était pas davantage « tout bon », ni même bon à moitié, ni même à trois pour mille.

Mais l'horreur de cette seconde descente aux enfers fut littéralement nanifiée par l'horreur de la découverte qui attendait les enfants en bas – découverte si choquante que, dans un premier temps, ils refusèrent d'y croire.

En mettant pied à terre au bout de la dernière rallonge, Violette crut à une hallucination. En se tournant vers la cage, sitôt arrivé en bas, Klaus crut à un fantasme. En passant le nez entre les barreaux, dès que sa sœur l'eut posée au sol, Prunille crut à un cauchemar. Les yeux écarquillés, tous trois scrutaient désespérément la pénombre. Mais la cage était vide, le cagibi aussi, et c'était tellement dur à admettre qu'il leur fallut plusieurs minutes pour y croire.

Isadora et Duncan Beauxdraps n'étaient plus là.

– Disparus, murmura Violette. Disparus, enlevés, et c'est ma faute.

De rage, elle jeta son tisonnier dans un angle du cagibi, où il chuinta contre le sol froid. Puis elle se tourna vers ses cadets et, à la lueur de leurs fers rougeoyants, ils virent ses yeux briller de larmes.

– Mon invention devait les sauver, dit-elle d'une voix mouillée, et maintenant Gunther les a repris pour les emporter au diable. Comme inventrice, je suis nulle. Et comme amie aussi.

Klaus jeta son fer à son tour et referma les bras sur son aînée.

– Tu es la meilleure inventrice que je connaisse, et ton invention était géniale. Simplement, ce n'était pas son heure.

– Tu veux dire quoi, au juste ? hoqueta Violette.

Elle était si tourneboulée qu'elle n'entendait même pas Prunille, qui avait jeté son fer et son gant pour lui tapoter la cheville en murmurant gentiment : « Nioc ! nioc ! », autrement dit : « Là ! Là ! Ne pleure pas ! »

– Je veux dire par là, répondit Klaus, que c'est comme ça, les inventions ; même géniales, il faut qu'elles arrivent à point nommé. C'est vrai pour tout. Pour qu'une chose ait du succès, il faut qu'elle tombe à pic. À l'instant propice, si tu préfères. En plus, tu n'y es pour rien, si l'instant n'était pas propice. C'est la faute de Gunther.

Violette s'essuya les yeux.

– Je sais bien, dit-elle. Mais quand même. C'est triste de penser que mon invention n'est pas tombée à pic. Et maintenant, qui sait si nous reverrons Duncan et Isadora ?

– Nous les reverrons, assura Klaus. D'abord, si l'instant n'est pas propice aux inventions, qui dit qu'il ne l'est pas aux recherches ?

– Douistall ? fit Prunille d'une petite voix accablée, autrement dit : « À l'heure qu'il est, que peuvent des recherches pour Isadora et Duncan ? »

– Bien plus que tu n'imagines, Prunille, répondit Klaus. Gunther les a emmenés, mais nous savons où il les traîne : à la salle Sanzun. Souvenez-vous : il compte les cacher dans un objet en vente aux Enchères *In*.

– Oui, dit Violette. Mais va savoir lequel !

– Justement ! triompha Klaus. Si nous remontons là-haut, et plus exactement à la bibliothèque, je crois pouvoir trouver la réponse.

– Méotzé, objecta Prunille, autrement dit : « Mais tu sais bien que cette bibliothèque ne contient que des livres stupides. »

– Tu oublies ce qu'a dit Esmé, rappela Klaus. Gunther y a laissé un catalogue des Enchères *In* ! Quel que soit l'objet dans lequel il compte cacher Duncan et Isadora, cet objet figure au catalogue. Si nous arrivons à deviner lequel…

– … nous pourrons les sortir de là ! acheva Violette. Avant même que la vente commence. Génial, Klaus ! Absolument génial.

– Pas plus, pas moins que ton invention. Espérons seulement que l'instant s'y prêtera davantage.

– Espérons-le, dit Violette. Parce que c'est notre seul…

– Niong ! coupa Prunille, ce qui signifiait, en gros : « Ne le dis pas ! », et Violette se tut net.

À quoi bon, en effet, parler de « seul espoir » ? Qu'y gagne-t-on, si ce n'est plus d'inquiétude, plus d'anxiété encore ?

Sans un mot, les trois enfants empoignèrent à nouveau leur similicorde pour s'attaquer à l'interminable remontée. Une fois de plus, l'obscurité se referma sur eux, une fois de plus ils eurent l'impression d'avoir passé toute leur vie dans cette gaine d'ascenseur, et non dans des lieux aussi divers qu'une scierie à La Falotte, une maison perchée au-dessus du lac Chaudelarmes, ou une grande demeure cossue, désormais réduite en cendres, à quelques rues du boulevard Noir[1].

Mais plutôt que de songer à tous les lieux sombres qui hantaient leurs souvenirs, les trois enfants concentraient leurs pensées sur les lieux clairs à venir – la bibliothèque d'Eschemizerre,

1. Voir tome IV, *Cauchemar à la scierie*, tome III, *Ouragan sur le lac*, et tome I, *Tout commence mal…*

pour commencer, où ils allaient trouver l'information qui leur permettrait de délivrer leurs amis. Et puis tous ces lieux lumineux où, avec leurs amis retrouvés, ils réaliseraient les projets formés avec eux naguère : une imprimerie, un groupe de presse et d'édition, une immense bibliothèque… Tout en grimpant, grimpant, grimpant, ils y songeaient si fort que, lorsqu'ils atteignirent l'étage, il leur semblait presque que ces temps heureux étaient proches.

– On ne doit plus être très loin du matin, fit remarquer Violette en aidant Prunille à se hisser sur le palier. Il vaudrait mieux faire disparaître cette corde, sinon les d'Eschemizerre vont se poser des questions.

– Ce ne serait peut-être pas plus mal qu'ils s'en posent, dit Klaus. Si on les mettait au courant ? Peut-être qu'ils nous croiraient, maintenant, pour Gunther.

– Personne ne nous croit jamais pour Gunther, rappela Violette. Personne ne nous a jamais crus pour les autres mascarades d'Olaf. Le problème, c'est qu'on manque de preuves. Une cage d'ascenseur vide. Plus une cage – une vraie – vide. Plus trois tisonniers tièdes. Tout ça ne prouve rien.

– Hmm, fit Klaus. Tu as peut-être raison. Bon, je vous laisse ranger la corde, et je file à la bibliothèque commencer à éplucher ce catalogue, d'accord ?

– Bonne idée, dit Violette.

– Riyop ! fit Prunille, autrement dit : « Bonne chance ! »

Tout doux, tout doux, Klaus ouvrit la porte de l'appartement et se coula à l'intérieur, tandis que ses sœurs halaient le cordage sur le palier, dans les gais tintements de la dernière rallonge contre les parois de la gaine.

Leur tâche achevée, Violette contempla un instant ce serpent enroulé, fait de rallonges électriques, de cordons de rideaux et de cravates chics.

– Allons ranger ça sous mon lit, dit-elle. Au cas où on en aurait encore besoin. C'est sur le chemin de la bibliothèque de toute façon.

– Yarel, ajouta Prunille, autrement dit : « Mais n'oublions pas de refermer cette porte d'ascenseur, sinon nos tuteurs se diront qu'il y a anguille sous roche. »

– Très juste, dit Violette, et elle pressa sur le bouton à la flèche montante.

La porte coulissa, docile, et, après s'être assurées que rien ne trahissait leur nuit mouvementée, les deux sœurs quittèrent le palier et suivirent la piste de miettes menant à la chambre de Violette, où elles eurent tôt fait de fourrer la similicorde sous le lit. Elles s'apprêtaient à repartir vers la bibliothèque, lorsque Prunille avisa un billet sur l'oreiller rebondi.

« Chers tous trois, lut Violette à voix haute, pas moyen de vous trouver, ce matin, pour vous dire un petit bonjour avant de courir acheter des trombones jaunes. De là, j'irai directement à la salle Sanzun pour les Enchères *In*, où Esmé vous emmènera de son côté. Départ à dix heures et demie pile, tâchez d'être prêts, ou elle risque de voir rouge. À tout à l'heure, donc.

Bien cordialement, Jerôme d'Eschemizerre. »

– Yaks ! s'écria Prunille, pointant du doigt l'une des six cent douze horloges et pendulettes indiquant l'heure dans l'appartement.

– Yaks, comme tu dis ! approuva Violette. Dix heures moins deux, déjà ? Jouer les yo-yo dans cette cage d'ascenseur nous a pris un temps fou.

– Vretch, ajouta Prunille, autrement dit, en gros : « Sans parler de l'épisode fers à souder. »

– Bon, plus qu'à filer à la bibliothèque, conclut Violette. Peut-être qu'en donnant un coup de main à Klaus, on a des chances d'accélérer les recherches ?

Les deux sœurs ne firent qu'un bond à la bibliothèque, à trois portes de là. Depuis le jour où Jérôme leur avait montré cette pièce, Violette et Prunille n'y avaient guère mis les pieds, et apparemment l'endroit n'était pas très fréquenté. Une bibliothèque digne de ce nom est rarement très bien rangée, parce qu'il y a toujours quelqu'un pour sortir les livres sans les remettre en place ou pour bouquiner dans un fauteuil jusqu'aux petites heures de la nuit. Même les bibliothèques que les enfants Baudelaire n'avaient appréciées qu'à moitié – celle de tante Agrippine, par exemple, qui ne contenait que des livres de grammaire[1] – étaient des lieux accueillants, parce que leurs propriétaires y passaient des journées entières. La bibliothèque d'Eschemizerre était impeccablement rangée. Tous les ouvrages assommants sur ce qui était *in* et *out* depuis la nuit des temps s'alignaient en rang d'oignons sur les étagères, sans avoir bougé d'un millimètre depuis le jour de leur arrivée. Les enfants avaient le cœur serré à la vue de ces livres oubliés, jamais ouverts, jamais lus, pareils à des chiens sans maîtres alignés dans un chenil. Le seul signe de vie, dans cette bibliothèque, était Klaus, si absorbé par sa lecture qu'il ne leva les yeux que lorsque ses sœurs surgirent à ses côtés.

– Désolée de te déranger, lui dit Violette, mais il y avait un petit mot de Jérôme sur mon oreiller. Esmé nous emmène à la salle des ventes

---

1. Voir tome III, *Ouragan sur le lac.*

à dix heures et demie pile, et il est déjà dix heures passées. Est-ce qu'on peut t'aider ?

– Je vois mal comment, répondit Klaus, le regard soucieux derrière ses lunettes. Il n'y a qu'un exemplaire de ce catalogue, et on ne peut pas dire qu'il soit très clair. Chaque objet mis en vente s'appelle un lot, et chaque lot porte un numéro. Pour chacun, il y a une description brève, pas toujours très parlante, quelquefois une petite photo, et une indication du prix supposé auquel il sera adjugé. « Adjugé », c'est quand le commissaire-priseur attribue le lot au plus offrant – le « plus offrant », c'est celui qui a proposé le prix le plus élevé, quand personne ne propose davantage. À ce moment-là, le lot est vendu. C'est tout ce que je sais. J'ai tout lu jusqu'au lot n° 49, qui est un timbre-poste très, très rare.

– Bon, je vois mal Gunther cacher Duncan et Isadora dans un timbre-poste, tu peux éliminer ce lot.

– J'en ai déjà éliminé plein, dit Klaus, mais il en reste encore bien trop. À ton avis, est-ce que

Gunther les cacherait plutôt dans le lot n° 14, un énorme globe terrestre, ou dans le lot n° 25, un piano à queue Steinway, ou encore dans le lot n° 48, une espèce de grande statue de poisson rouge ? « Leurre géant », dit le catalogue. Je ne savais pas que « leurre » était aussi le nom d'un poisson. Et attends, ce n'est pas fini, dit-il en tournant la page, ça pourrait être tout aussi bien dans le lot n° 50, qui est…

Il se tut, le souffle coupé, les yeux immenses derrière ses lunettes. Violette se pencha vers le catalogue, Prunille à son cou se pencha aussi, et toutes deux sursautèrent.

– Je n'y crois pas, souffla Violette. Je ne peux pas y croire.

– Toumsk, murmura Prunille, autrement dit : « Pas de doute ; c'est là que seront cachés les Beauxdraps. »

– Je serais assez d'accord, dit Klaus. Même s'il n'y a aucune description du lot ; ils ne disent même pas à quoi correspondent les initiales.

– Nous allons le savoir, à quoi elles correspondent ! décida Violette. Parce que nous allons, de ce pas, tout raconter à Esmé. Cette fois, elle sera bien obligée de nous croire. Et nous sortirons Isadora et Duncan de ce lot n° 50 avant que Gunther ne les emmène on ne sait où ! Tu avais raison, Klaus. L'instant était propice à la recherche.

– Il semblerait que oui, dit Klaus. Quel coup de chance ! J'ai peine à y croire.

Comme ils avaient tous trois peine à y croire, ils relurent et relurent la ligne en question. Mais ce n'était ni un fantasme ni une hallucination. C'était la réalité. Là, sur le catalogue, noir sur blanc, face à l'en-tête « Lot n° 50 », s'inscrivaient trois lettres et trois points qui semblaient bien la réponse à toutes leurs interrogations.

Ils échangèrent des regards radieux. Oui, ils avaient peine à croire à leur chance. Ils avaient peine à croire aux trois lettres qui s'étalaient là, sous leurs yeux, trois lettres dont ils avaient rêvé tant de nuits.

V.D.C.

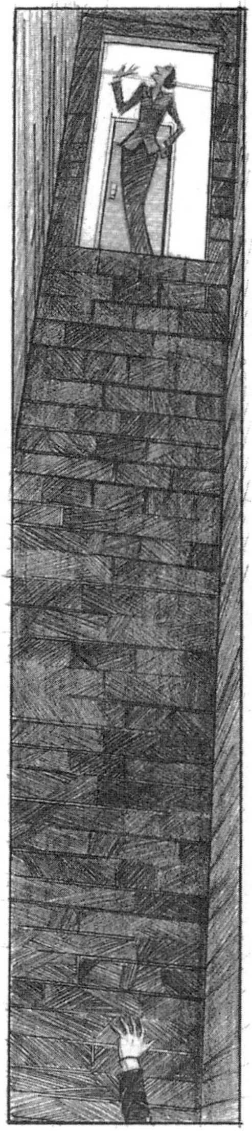

Chapitre X

– Et un lot du catalogue, le n° 50, s'intitule V.D.C., acheva Klaus. V.D.C., c'est le secret dont les Beauxdraps avaient essayé de nous parler avant d'être kidnappés.

– C'est affreux, dit Esmé, prenant une petite gorgée du pschitt-persil qu'elle avait absolument tenu à se servir avant d'écouter les enfants.

Elle avait ensuite insisté pour prendre place dans son salon favori, au creux de son canapé le plus *in*, et ordonné à ses orphelins de s'asseoir dans trois fauteuils rangés en arc de cercle face à elle. Alors seulement elle avait bien voulu les laisser énumérer ce qu'ils savaient : la véritable identité de Gunther, le passage secret derrière la porte d'ascenseur, la machination pour emmener clandestinement les deux triplés Beauxdraps sur une île, la surprenante présence du sigle V.D.C. au catalogue pour toute description du lot n° 50.

À leur surprise, Esmé n'avait pas bronché une seule fois, ni repoussé aucune de leurs affirmations, ni élevé l'ombre d'une contradiction, pas plus au sujet de Gunther que des triplés Beauxdraps. Elle avait tout écouté sans mot dire, très calme, attentive au moindre détail. En fait, son silence et son calme avaient quelque chose de déconcertant – mot qui signifie ici : « tellement suspect que les enfants Baudelaire auraient dû y voir un signal d'alarme ».

– En somme, c'est bête comme chou, conclut-elle, reprenant une gorgée de son breuvage *in*. Voyons si j'ai bien suivi. Gunther est en réalité le comte Olaf.

– Oui, dit Violette. Ses bottes camouflent son tatouage, et son monocle l'oblige à froncer les sourcils de manière qu'on ne voie pas qu'ils sont soudés en un seul, très long, très épais.

– Et il avait caché les Beauxdraps dans une cage, au bas de la deuxième cage d'ascenseur, poursuivit Esmé, posant son verre vide sur le guéridon le plus proche.

– C'est ça, confirma Klaus. Il n'y a pas l'ombre d'un ascenseur derrière cette porte. Gunther a dû le faire enlever pour transformer la gaine en passage secret.

– Et maintenant, enchaîna Esmé, il a retiré les Beauxdraps de la cage au bas de la gaine d'ascenseur et il compte les sortir de la ville en cachette, en les cachant à l'intérieur du lot n° 50 des Enchères *In*.

– Kaxret, déclara Prunille, autrement dit : « Vous avez tout compris, Esmé. »

– Alambiqué comme stratagème, commenta Esmé. Je suis surprise de voir des enfants de votre âge l'avoir percé à jour. Mais je suis bien contente que vous m'ayez tout dit. (Elle se tut un instant, retira un grain de poussière de l'un de ses ongles polis.) Bien. À ce stade, je ne vois qu'une solution. Foncer à la salle des ventes et mettre un terme à cette odieuse machination. Faire jeter Gunther sous les verrous et libérer les jeunes Beauxdraps. Venez. Nous n'avons pas une seconde à perdre.

Elle se leva et, avec un soupçon de sourire, fit signe aux enfants de la suivre. Ils l'escortèrent hors du salon, puis le long de l'habituel labyrinthe et jusqu'à la porte d'entrée, échangeant des coups d'œil perplexes. Elle disait vrai, bien sûr ; il fallait foncer à la salle des ventes et prendre Gunther en flagrant délit. Mais comment faisait-elle donc pour garder un calme pareil ? Les enfants, rongés d'anxiété, se sentaient comme des piles électriques ; Esmé semblait aussi sereine que si elle les emmenait à l'épicerie acheter un paquet de vermicelles. Lorsqu'elle eut fermé l'appartement et qu'elle se retourna vers eux, souriante, ils furent frappés de la voir aussi détendue. C'était de plus en plus déconcertant.

Violette prit sa petite sœur dans ses bras.

– Klaus et moi, nous allons te porter à tour de rôle pour descendre l'escalier. Ce sera plus rapide, et moins fatigant pour toi.

– Oh ! nous n'allons pas descendre ces marches à pied, dit Esmé.

– C'est vrai, approuva Klaus. On ira cent fois plus vite à cheval sur la rampe.

Esmé lui enlaça l'épaule, elle enlaça l'épaule de Violette, et très doucement elle les entraîna sur le palier. C'était bon de recevoir enfin une marque d'affection de sa part, mais elle les tenait si serrés que ce détail aussi était déconcertant.

– Oh ! dit-elle, nous n'allons pas non plus descendre sur la rampe.

– Mais alors, s'enquit Violette, comment allons-nous descendre ?

Esmé la lâcha pour presser d'un index griffu le bouton dont la flèche pointait vers le haut.

C'était plus déconcertant encore, au point d'en être alarmant ; hélas ! je suis navré de le dire, il était bien tard pour être alarmé.

– Nous allons prendre l'ascenseur ! annonça Esmé d'un ton léger.

Et, comme la porte coulissait en chuintant, le sixième conseiller financier de la ville, d'un élégant geste du bras, poussa les enfants Baudelaire dans le gouffre béant de la cage d'ascenseur.

Parfois les mots sont impuissants. Il est des situations si abominables qu'il serait vain d'essayer de les traduire en mots, en phrases, ou même en volumes entiers. La terreur et l'épouvante qui saisirent les enfants Baudelaire lorsque Esmé les précipita dans le vide ne sauraient être mieux décrites que par deux pages d'absolue noirceur. J'ai bien tenté de décrire l'horreur vécue par ces enfants, leurs trois hurlements prolongés, le sifflement de l'air à leurs oreilles, mais rien, non rien n'y suffit. Si vous êtes déjà tombé en rêve, tombé dans le vide, en chute libre, alors vous savez parfaitement ce qu'on ressent.

Cependant je peux ajouter que, comme dans un rêve, les trois enfants ne touchèrent pas le sol. Pas un cheveu de leur tête ne souffrit quand, tout à coup, leur chute prit fin. Quelque chose les cueillit en douceur, sans les blesser, dans l'obscurité, à mi-chemin entre le dernier étage et la cage métallique, tout en bas. Au début, cela semblait un miracle, mais lorsque les enfants comprirent qu'ils étaient encore en vie et plus du tout en chute libre, ils palpèrent ce qui se trouvait sous eux et, au toucher, cela avait la consistance d'un filet beaucoup plus que celle d'un miracle. Oui, pendant qu'ils consultaient le catalogue des Enchères, pendant qu'ils expliquaient à Esmé ce qu'ils avaient découvert, quelqu'un avait tendu un filet au travers de la cage d'ascenseur, et ce filet les avait cueillis à mi-course. Loin, très loin au-dessus d'eux, il y avait l'appartement d'Eschemizerre ; loin, très loin au-dessous d'eux, il y avait la cage rouillée au milieu du cagibi crasseux, et le boyau qui débouchait là.

Les enfants étaient pris au piège.

Mais mieux vaut, et de beaucoup, être pris dans un filet qu'en partance pour l'au-delà en aller simple ; et les trois enfants commencèrent par se blottir les uns contre les autres, soulagés d'être encore en vie.

– Spensett, coassa Prunille, d'une petite voix éraillée d'avoir hurlé à plein gosier.

– Oui, Prunille, oui, murmura Violette en la pressant très fort. Oui, on est vivants.

Et il était clair qu'elle s'adressait à elle-même autant qu'à sa petite sœur.

– On est vivants, répéta Klaus, les étreignant toutes deux. On est vivants. Sauvés !

– Sauvés, sauvés, c'est vite dit ! coassa la voix d'Esmé, là-haut, sur le palier. (Ses paroles se réverbéraient sur les parois, mais n'en étaient pas moins très claires.) Vivants, c'est sûr, mais pas tirés d'affaire ! Sitôt la vente terminée et les Beauxdraps expédiés, Gunther reviendra vous chercher, mes bons petits, et je peux vous garantir que ça bardera pour vous. Oh ! cette fois, vous allez filer doux, croyez-moi. Quelle belle journée ! Mon ancien professeur de théâtre va finalement mettre la main non pas sur une, mais sur deux fortunes colossales !

– Votre ancien professeur de théâtre ? s'effara Violette. Vous voulez dire que, depuis le début, vous saviez qui était Gunther ?

– Évidemment, ricana Esmé. Il me suffisait de vous faire croire, à vous et à mon grand benêt de mari, que c'était un commissaire-priseur. Par chance, je suis une actrice hors pair. Vous berner était un jeu d'enfant.

– Mais alors, lui lança Klaus, depuis le début vous êtes de mèche avec cet odieux individu ? Comment avez-vous pu…

– Odieux individu, lui ? Jamais ! C'est un génie ! J'avais donné ordre au portier de ne vous laisser sortir sous aucun prétexte avant que Gunther ne vienne vous chercher, mais Gunther m'a fait observer que vous jeter dans ce filet était une bien meilleure idée, et il disait vrai ! Maintenant, nous voilà tranquilles ! Pas de danger que vous veniez à la vente, au risque de ruiner nos plans !

– Zizafim ! siffla Prunille.

– Ma sœur a raison ! cria Violette. Vous êtes notre tutrice ! Vous êtes censée assurer notre sécurité, pas nous jeter dans des cages d'ascenseur pour nous voler notre héritage !

– Mais, moi, je veux vous voler ! J'ai besoin de voler ! J'ai besoin de voler comme on m'a volée, moi ! Comme Beatrice m'a volée !

– Qu'est-ce que vous racontez, besoin de voler ? s'indigna Klaus. Votre fortune est immense, vous nous l'avez dit vous-même. Pourquoi voulez-vous toujours plus d'argent ?

– Pourquoi ? Parce que l'argent est *in*, bien sûr ! Toujours, éternellement, à jamais *in* ! Allez, *ciao*, les enfants ! *Ciao*, *adios*, *ava-ava*, et tout ce qu'on dit à des petits morveux quand on vient de s'en débarrasser !

– Mais enfin, pourquoi ? cria Violette. Pourquoi êtes-vous si cruelle avec nous ?

La réponse d'Esmé à cette question fut d'une cruauté suprême : elle se contenta d'éclater de rire, d'un immense gloussement sonore qui se brisa en mille échos, mêlés au claquement de ses talons hauts qui s'éloignaient. Puis il n'y eut plus que le silence.

Les enfants Baudelaire échangèrent des regards, ou plutôt non, ils voulurent en échanger, mais il faisait bien trop noir. Ils tremblaient si fort d'effroi, d'indignation, de rage impuissante qu'ils en secouaient le filet – à la fois filet de sauvetage et épuisette.

– Diéli ? fit Prunille d'une pauvre petite voix, et ses aînés comprirent : « Et maintenant, que faire ? »

– Aucune idée, dit Klaus. Sinon qu'il faut trouver une solution.

– Et la trouver vite, compléta Violette. L'ennui, c'est que le problème est simple ; et les problèmes les plus simples sont les plus compliqués à résoudre. Ces parois sont affreusement lisses ; inutile d'espérer descendre ou grimper.

– Et inutile aussi d'espérer attirer l'attention en criant. De toute manière, les gens penseraient que le bruit vient d'un appartement ; des enfants en train de jouer, quelque chose de ce genre.

Violette ferma les yeux pour réfléchir, comme si, dans les ténèbres, cela faisait une quelconque différence.

– Klaus, dit-elle au bout d'un moment, l'instant est peut-être propice à tes talents de chercheur. Dans tes souvenirs de lecture, il n'y aurait pas une histoire qui puisse nous donner des idées ? Quelqu'un qui serait pris dans un piège du même genre ?

– Hum, fit Klaus, sceptique. Il y a bien la légende d'Ulysse, pris entre deux monstres du nom de Charybde et Scylla, un peu comme nous voilà pris entre le dernier étage et le sous-sol. Mais lui, pour s'en sortir, il les changea en tourbillons marins.

– Glaucus, fit Prunille, autrement dit : « Je nous vois mal faire ça. »

– Moi aussi, reconnut Klaus d'un ton lugubre. C'est le défaut des mythes et des légendes. À lire, c'est passionnant ; mais ça manque un peu d'applications pratiques. Peut-être que l'instant est davantage propice aux talents d'inventrice de Violette ?

– Sans matériaux, je n'irai pas loin, marmonna celle-ci, palpant à tâtons les bords du filet. Pas question d'utiliser ce filet pour bricoler une échelle de corde, nous nous retrouverions en bas en moins de deux. Apparemment, il est accroché au mur au moyen de petits pitons de métal, mais pas question non plus d'arracher ces pitons pour nous en servir.

– Gyzan ? demanda Prunille.

– Oui, Prunille, des pitons. Tiens, mets ton doigt ici, touche. Gunther a dû utiliser une longue, longue échelle de pompier, j'imagine, pour enfoncer ces pitons dans le mur, et il y a accroché le filet. Les parois de cette cage d'ascenseur doivent être juste assez tendres pour qu'on puisse y enfoncer de petits objets acérés, des clous, des vis, ce genre de choses.

– Tolc ? s'enquit Prunille, autrement dit : « Des dents ? »

– Non, Prunille, non, répondit Violette. Tu ne vas pas grimper le long de cette paroi en y enfonçant les dents. Ce serait beaucoup trop dangereux.

– Yog, fit remarquer Prunille, autrement dit : « Pas du tout : si je tombe, je retombe dans le filet. »

– Et si tu restes les dents coincées à mi-chemin ? objecta Klaus. Et si tu perds une dent ?

– Basta, répondit Prunille, autrement dit : « C'est un risque à courir – et notre seul espoir. »

Ses aînés ne dirent mot. Certes, ils n'aimaient guère l'idée de savoir leur petite sœur en train d'escalader la face nord de la cage d'ascenseur avec ses dents de lait pour pitons, mais ils manquaient d'idées de rechange. Il fallait battre Gunther de vitesse. L'instant n'était pas propice à l'ingéniosité de Violette, et pas davantage à l'érudition de Klaus ; peut-être l'était-il à l'exceptionnelle dentition de Prunille ?

Sitôt dit, sitôt fait. La benjamine des Baudelaire renversa la nuque en arrière et, d'un coup de tête décidé, mordit un grand coup dans le mur, en veillant bien à n'y enfoncer qu'une dent. La dent se planta dans la paroi avec un bruit détestable, de quoi faire sangloter un dentiste des heures durant.

Mais Violette et Klaus n'étaient pas dentistes, et ils tendirent l'oreille dans le noir.

Les dents de Prunille allaient-elles tenir aussi fermement que les pitons ? Prunille remua légèrement la tête, pour voir si sa dent se délogeait avec trop d'aisance, mais non, la prise était bonne. Alors elle tourna la tête de côté, juste un peu, et planta dans la muraille une deuxième dent, légèrement au-dessus de la première. La progression était modeste, bien évidemment. Mais tout est affaire de patience, de cadence et de « coup à prendre ». Cinq ou six coups de dent plus tard, les petits pieds de Prunille ne touchaient déjà plus le filet.

– Bonne chance, Prunille, lui dit Violette.

– On est avec toi ! l'encouragea Klaus.

Prunille resta muette, mais ses aînés ne s'alarmèrent pas : il n'est jamais recommandé de parler la bouche pleine. Aussi se contentèrent-ils d'exhorter leur petite sœur de la voix.

Si Prunille avait pu parler en grimpant, elle aurait probablement lancé : « Soriède ! », autrement dit : « Jusqu'ici, tout va bien ! » ou encore : « Yaff ! », « Je dois être à peu près à mi-chemin. » Mais ses aînés n'entendirent plus, en tendant l'oreille, que le crissement rythmique des petites dents qui se plantaient et se déplantaient en cadence, jusqu'au moment où leur parvint, de très haut, un minuscule cri de triomphe :

– Napurna !

– Bravo, petite sœur ! lança Klaus. Bel exploit !

– Bien joué, Prunille ! renchérit Violette. Maintenant, fonce chercher la similicorde sous mon lit, qu'on puisse te rejoindre !

– Gamba ! répondit Prunille, et elle fonça ventre à terre.

Éblouis par la performance, ses aînés l'attendaient dans le noir.

– Jamais je n'aurais pu faire ça, dit Violette. Ni à son âge ni maintenant.

– Moi non plus, avoua Klaus. Pourtant, nos dents sont plus grandes.

– Il n'y a pas que le calibre des dents, dit Violette. Il y a le calibre du courage, et le calibre de la volonté.

– Sans parler du calibre de nos ennuis, ajouta Klaus. Ni du calibre de l'infamie d'Esmé. Quand je pense qu'elle était dans le coup depuis le début ! Tu parles d'une tutrice ! En toc, elle aussi. Du simili. Comme son ascenseur.

– Oui, mais tu parles d'une actrice ! Elle nous a joliment dupés en nous faisant croire qu'elle était dupe de Gunther. Au fait, à ton avis, de quoi parlait-elle quand elle a dit…

– Tada ! lança la petite voix de Prunille depuis le palier.

– Ça y est, elle a la corde, se réjouit Violette. Vite, Prunille, attache-la au bouton de la porte ! Avec le nœud langue-du-diable, d'acc…

– Non ! coupa Klaus. J'ai une meilleure idée.

– Une meilleure idée ? Que de sortir d'ici avec la corde ?

– Oui, enfin je veux dire non. Je veux dire, d'accord pour sortir d'ici avec la corde ; mais pas en grimpant. Si on grimpe, on se retrouve au dernier étage.

– Mais on ne va pas y rester, au dernier étage !

Sitôt là-haut, on file à la salle des ventes. En descendant l'escalier sur la rampe, pour faire vite.

– Oui, et en bas de la rampe ? En bas de la rampe, rappela Klaus, il y a le hall d'entrée, et dans le hall il y a le portier. Qui a reçu l'ordre de ne nous laisser sortir sous aucun prétexte.

– Je n'y pensais plus, avoua Violette. Et les ordres, pour lui, c'est sacré.

– Il faut partir par un autre chemin.

– Dimétou ? s'informa Prunille, autrement dit : « Et quel autre chemin ? »

– Par le bas, répondit Klaus. Dans le cagibi, en bas, il y a une espèce d'ouverture, vous n'avez pas remarqué ? Juste derrière la cage. On dirait qu'un genre de galerie part de là.

– Exact, se souvint Violette. D'ailleurs, c'est sans doute par là que Gunther a emmené Duncan et Isadora. Oui, mais où mène cette galerie ?

– Ça, mystère, reconnut Klaus. Mais si Gunther a emmené les Beauxdraps par là, ça doit déboucher pas très loin de la salle Sanzun. C'est là qu'il allait et, justement, c'est là que nous allons aussi.

– Pas faux, concéda Violette. Ohé, Prunille ! Plus besoin d'attacher la corde au bouton de la porte. Quelqu'un aurait pu la voir, qui plus est. Non, au contraire, descends-la ici. Tu crois pouvoir faire la descente avec tes dents ?

– Géronimo ! s'écria Prunille, autrement dit : « Pour quoi faire, avec mes dents ? Pas la peine ! Écartez-vous, vous deux ! »

Sur ce, la petite respira un grand coup et se jeta dans le vide, le rouleau de fausse corde à son épaule. Inutile, cette fois, de représenter le plongeon par deux pages de noir complet, car la terreur de la chute fut grandement allégée par la certitude qu'un filet – sans parler de deux aînés – était là pour amortir le choc.

Avec un *ploum !* discret, Prunille et son rouleau de corde atterrirent au milieu du filet. Violette s'empressa de vérifier que sa petite sœur était indemne, puis, sans perdre un instant, elle se mit en devoir de nouer une extrémité de la corde à l'un des pitons qui maintenaient le filet.

– Prunille, dit-elle, pendant que je fais ça, tu

veux bien ronger ce filet pour y faire un trou, si tes dents n'ont pas trop souffert ? Un trou juste assez grand pour que nous puissions en sortir…

– Et moi, dit Klaus, je fais quoi ?

– Toi, tu pries le ciel pour que ça marche.

Mais ses sœurs furent trop promptes pour laisser à Klaus le temps d'accomplir la moindre cérémonie religieuse. Trois clins d'œil plus tard, Violette avait attaché la corde au piton à l'aide de quelques nœuds aussi tarabiscotés que solides, et Prunille avait ouvert dans le filet un trou au diamètre de ses aînés. Violette fit passer la corde dans le trou, et les trois enfants tendirent l'oreille, guettant le *clink !* familier contre le métal de la cage. Lorsque ce tintement leur parvint, ils marquèrent une pause au bord du trou, scrutant la pénombre au-dessous d'eux.

– Dire que nous redescendons au fond de ce damné puits, gémit Violette. J'ai peine à y croire.

– Moi aussi, soupira Klaus. Si quelqu'un m'avait annoncé qu'un jour je jouerais les araignées avec mes sœurs le long d'une cage d'ascenseur vide, j'aurais répondu : « Jamais de la vie, quand bien même je vivrais mille ans ! » Et nous y revoilà pour la cinquième fois en moins de vingt-quatre heures ! Qu'est-ce qui a pu nous arriver ? Qu'est-ce qui a bien pu nous amener dans ce puits noir comme la suie ?

– La déveine, répondit Violette à mi-voix.

– Un terrible incendie, ajouta Klaus.

– Olaf, dit Prunille d'une petite voix résolue.

Et, empoignant la corde, elle se coula par le trou. Klaus l'imita, Violette suivit, et le trio reprit la longue descente jusqu'au cagibi crasseux tout en bas, avec sa galerie qui, peut-être, débouchait sur la liberté – et pas trop loin de la salle des ventes.

Sitôt en bas, Prunille lorgna vers la corde, afin de s'assurer que ses aînés suivaient toujours ; Klaus lorgna vers l'entrée de la galerie, afin de s'assurer que la voie était libre ; et Violette lorgna vers l'angle où ils avaient rejeté leurs tisonniers inutiles.

– Nous ferions bien de les prendre, dit-elle en en ramassant un.

– Pour quoi faire ? demanda Klaus. Ils sont refroidis depuis longtemps.

– Ça, pour être froids, ils sont froids. Et un peu tordus, aussi, parce qu'ils avaient le bout tout mou quand nous les avons jetés par terre. N'empêche, j'ai dans l'idée qu'ils peuvent encore servir. Il fait noir, dans cette galerie. Qui sait ce que nous allons trouver ? Autant ne pas avoir les mains vides. Sans compter que ça nous fera des antennes, pour avancer à tâtons. Tiens, Klaus, prends le tien. Et toi aussi, Prunille.

Munis de leurs tisonniers tordus, les trois enfants s'engagèrent dans la galerie en coupe-gorge. En parlant d'antennes, Violette avait vu juste. Dans ce boyau tortueux, tournicotant sans trêve, les tisonniers faisaient d'excellentes cannes d'aveugle. Mais l'aînée des Baudelaire, à vrai dire, songeait plutôt aux mauvaises rencontres. Trois enfants dans une galerie sombre lui semblaient nettement moins vulnérables armés chacun d'un tisonnier que trois enfants les mains vides.

Et Violette avait entièrement raison. Les tisonniers allaient se révéler précieux. Car l'effet de surprise attendait, prêt à frapper à l'autre bout.

Chapitre XI

Pour désigner ce que trouvèrent les orphelins au bout du souterrain, on emploie parfois un mot français, le mot composé « *cul-de-sac* ». Comme tous les mots composés – en français, en chinois ou en bichlamar –, celui-ci devient plus clair si on le traduit mot à mot.

La petite particule « *de* », au milieu, est extrê-

mement courante en français ; jetez un coup d'œil à n'importe quelle page écrite en français, et vous verrez comme elle y fourmille. Donc, sans avoir appris le français, j'en déduis qu'il s'agit d'un de ces petits mots sans importance faits pour relier entre eux les grands mots – pour lier la sauce en quelque sorte. Quelque chose comme « et », par exemple.

Le mot « *sac* » est nettement moins courant, mais je serais tenté de croire qu'il s'agit seulement de l'abréviation d'un mot plus long, également français, « *sac de nœuds* », qui signifie : « à n'y rien comprendre ».

Quant au mot « *cul* », il semble assez rare, on dirait même que les Français hésitent un peu à l'employer. J'en suis donc réduit aux suppositions, mais je serais prêt à parier qu'il signifie quelque chose comme « micmac », « truc pas clair », autrement dit quelque chose de fort peu présentable.

Bref, pour en revenir à la phrase que je m'apprêtais à écrire. Tout au bout du boyau obscur, les orphelins tombèrent sur un « *cul-de-sac* », autrement dit, grosso modo, sur un : « truc pas clair et à n'y rien comprendre ».

Naturellement, si les enfants Baudelaire avaient pu choisir sur quoi tomber, ils auraient sans doute opté pour un mot français différent. « *Hors-d'œuvre* », par exemple, qui signifie, sauf erreur : « porte secrète ouvrant directement sur une salle des ventes » ; ou, mieux encore, « *bas-relief* », autrement dit : « soulagement d'apprendre que la police a arrêté un dangereux bandit et délivré ses victimes ». Hélas, l'extrémité de la galerie se revéla aussi obscure, énigmatique et sinistre que le restant du boyau.

D'un bout à l'autre du trajet, il avait fait noir comme dans un terrier de moufette, et le boyau était si tortueux que les enfants n'arrêtaient pas de se retrouver nez au mur. Quant au plafond, il était si bas que Gunther avait dû se plier en deux tout du long ; enfin une pensée réjouissante !

De place en place, des sons étouffés leur avaient permis de deviner par où passait le souterrain. Par exemple, après le troisième virage, ils avaient reconnu la voix du portier ; autrement dit, ils se trouvaient toujours sous l'entrée du 667, boulevard Noir. Cinq détours plus loin, deux autres voix discutaient de décors marins, signe qu'ils n'avaient pas quitté le quartier. Un peu plus loin encore leur était parvenu le ronflement d'un trolley, puis, de méandre en détour, divers bruits de la ville : *clipiticlop* des sabots d'un cheval ; grondement sourd d'une fabrique ; tintement morne du glas ; *patatras* divers et variés…

Curieusement, lorsqu'ils butèrent sur la fin du boyau, on n'entendait plus un son. Ils tendirent l'oreille, s'efforçant d'imaginer sur quel endroit de la ville pouvait régner pareil silence.

– À votre avis, on est où ? chuchota Violette (car le silence, presque toujours, incite à parler tout bas). On se croirait dans un tombeau.

– Ce n'est pas le silence qui m'inquiète, répondit Klaus, tâtant le mur de son tisonnier. Mais j'aimerais savoir où ça continue. Parce que, si ça ne continue pas, j'ai bien peur qu'on soit dans une impasse.

– Une impasse ! se récria Violette, qui tâtait le mur opposé. Ça m'étonnerait. Qui veux-tu qui se donne la peine de creuser une galerie ne menant nulle part ?

– Pradjic, renchérit Prunille, autrement dit : « Si Gunther a emprunté cette galerie, il est bien sorti quelque part. »

– Voilà trois minutes que je palpe ce mur, dit Klaus d'un ton désabusé. J'ai bien dû palper chaque centimètre carré, et je ne trouve ni porte, ni escalier, ni virage, rien. C'est une impasse, il n'y a pas d'autre mot. Ou plutôt si, il y a un autre mot, un mot français, mais je ne sais plus lequel.

– Plus qu'à revenir sur nos pas, chevrota Violette, accablée. Plus qu'à refaire tout le trajet à l'envers, et à regrimper à la corde jusqu'au filet, et à envoyer Prunille au dernier étage – si ses dents veulent bien tenir, et si la porte de là-haut est toujours ouverte –, plus qu'à trouver de quoi faire une nouvelle corde pour que nous puissions grimper aussi, et à redescendre l'escalier sur la rampe, et à nous débrouiller pour sortir à la barbe du portier, et à foncer à la salle des ventes…

– Pailletan ! fit Prunille, autrement dit : « Jamais on n'arrivera à temps pour démasquer Gunther et délivrer les Beauxdraps ! »

– Je sais bien, soupira Violette. Mais que veux-tu faire d'autre ? Avec, en tout et pour tout, trois tisonniers ?

Klaus poussa un gros soupir.

– Si encore on avait des pelles et des pioches ! On pourrait creuser, ouvrir une issue. Mais allez donc piocher avec un tisonnier tordu !

– Tanti, fit Prunille, autrement dit : « Si encore on avait un petit bâton de dynamite ! Un gentil *boum* et hop ! on l'aurait, notre issue. Mais allez faire sauter quelque chose avec un tisonnier tordu ! »

– Difficile, concéda Violette, mais j'ai une autre idée. Si on s'en servait pour faire du ramdam ? Vous savez, comme ces gens qui tapent au plafond avec des manches à balai pour faire taire les voisins du dessus ? Ça fera peut-être venir quelqu'un ?

– On peut toujours esayer, dit Klaus. Sauf qu'apparemment il n'y a pas un chat au-dessus de nous. Mais enfin, bon, ça ne coûte rien. Viens, Prunille. Je vais te prendre à mon cou, que tu puisses taper aussi.

Klaus prit la petite à son cou, et les trois enfants se mirent à cogner comme des sourds, bien résolus à faire un vacarme de tous les diables. Mais à peine leurs tisonniers eurent-ils touché la voûte qu'un déluge de poussière épaisse s'abattit sur eux, aussi dru qu'une averse tropicale, si bien qu'ils arrêtèrent pour se frotter les yeux, et tousser, et cracher tant et plus.

– Berk ! dit Violette. Quel goût atroce !

– Un goût de toast carbonisé, dit Klaus.

– Piffloub ! fit Prunille de sa petite voix aiguë.

Violette cessa de tousser et se lécha le bout d'un doigt, pensive.

– Tu as raison, Prunille. C'est de la cendre. On doit être sous une cheminée.

– Pas sûr, dit Klaus. Regardez.

Ses sœurs levèrent les yeux. Au-dessus de leurs

têtes s'esquissait une fente lumineuse, un fin filet de lumière du jour, dégagé sans doute par l'avalanche de poussière. Ce n'était pas plus large qu'un crayon, mais, à travers la fente, le soleil du matin faisait de l'œil aux enfants.

– Tissdu ? s'étonna Prunille, autrement dit : « Des cendres en ville ? À ciel ouvert ? »

– On est peut-être sous un barbecue, suggéra Klaus, un barbecue de jardin.

– On va le savoir très vite, décida Violette.

Et elle se mit à gratter le plafond, afin de mieux dégager la fente. L'averse de cendres reprit de plus belle, doublée d'un nuage de poussière noire. Puis, sous les yeux des enfants, la fente de lumière filiforme se changea en quatre fentes filiformes, dessinant un carré au plafond. Sur un côté de ce carré, on devinait deux charnières.

– Regardez ! triompha Violette. Une trappe ! On ne la voyait pas, tout à l'heure, mais elle était là !

De la pointe de son tisonnier, Klaus essaya de soulever la trappe, mais elle refusa de bouger.

– Verrouillée, bien sûr, dit-il. Gunther a dû y veiller, après être passé par là avec Duncan et Isadora.

Violette avait les yeux sur cette trappe et, dans le clair-obscur, ses cadets la virent nouer ses cheveux noirs de suie.

– Sûrement pas un verrou qui va nous arrêter, grommela-t-elle. Pas après tout ce chemin. Je crois que, pour finir, l'heure de ces tisonniers a sonné. Pas comme fers à souder, pas comme manches à balai… (Elle se tourna vers ses cadets, radieuse.) Non, comme pinces-monseigneur !

– Herdisset ? demanda Prunille.

– Oui, pinces-monseigneur, répéta Violette. Ces espèces de leviers dont se servent les cambrioleurs. On dit aussi pied-de-biche, mais je crois que le pied-de-biche a le bout fendu… Enfin bref, vous allez voir. On va glisser le bout de nos tisonniers tordus dans la fente, là, et ensuite on va faire basculer les manches vers le bas, un bon coup. La trappe devrait finir par céder. Vu ?

– Je crois, dit Klaus. Essayons.

Ils essayèrent. Tant bien que mal, ils glissèrent la pointe de leurs tisonniers dans la fente opposée à la charnière. Puis, de tout leur poids, grognant sous l'effort, ils abattirent les manches vers le bas. Et j'ai le plaisir d'annoncer que les pinces-monseigneur fonctionnèrent à merveille. Avec un craquement à faire frémir et une nouvelle cascade de cendres, la trappe ploya sur ses charnières et s'ouvrit vers les enfants – qui n'eurent que le temps de sauter de côté pour ne pas la recevoir sur la tête. Le soleil vint à leur rencontre, et les trois orphelins, clignant des yeux, virent enfin le bout de leur séjour souterrain.

– Ça a marché ! exultait Violette. Ça a marché pour de bon.

– Oui ! s'enthousiasmait Klaus. L'instant était propice à tes talents d'inventrice ! Comme disait Archimède, enfin je crois que c'est lui : « Donnez-moi un levier, et je soulèverai le monde ! »

– Up ! fit Prunille, autrement dit : « Remontons en surface ! », et ses aînés furent d'accord.

En se dressant sur la pointe des pieds, Klaus et Violette hissèrent Prunille dehors, puis ils se hissèrent à leur tour, l'un après l'autre, comme ils purent. L'instant d'après, ils étaient tous trois au soleil, papillotant des paupières de plus belle et complètement désorientés.

Ici, je dois ouvrir une parenthèse capitale. Libre à toi, lecteur, de sauter ce passage (le lecteur est toujours libre de sauter tout ce qui lui chante), mais souviens-toi qu'il est ici ; tu y reviendras un jour, pour comprendre. Bref. L'une de mes plus précieuses possessions est un coffret de bois muni d'une serrure très spéciale, vieille d'au moins quatre siècles, commandée par un code secret que m'a révélé mon grand-père. Mon grand-père tenait ce code de son grand-père, son grand-père le tenait de son grand-père, et moi-même je le révélerai à mon petit-fils si je devais un jour en avoir un, au lieu de vivre en ours solitaire jusqu'à la fin de mes jours.

Si ce coffret de bois est l'une de mes plus précieuses possessions, c'est pour la raison que voici :

à l'intérieur, lorsqu'on l'a ouvert grâce au code secret, on trouve une petite clé d'argent, et cette clé permet d'ouvrir une autre de mes plus précieuses possessions, un coffret de bois un peu plus grand, que m'a offert un jour une femme dont mon grand-père a toujours refusé de parler.

À l'intérieur du coffret plus grand se trouve un précieux parchemin, mot qui signifie ici : « vieux rouleau de papier sur lequel est imprimé un plan de la ville à l'époque où y vivaient les orphelins Baudelaire ». C'est un plan annoté, avec des milliers de détails surajoutés à l'encre bleue – les dimensions de certains bâtiments, des croquis de costumes, et même des indications météorologiques, le tout griffonné à la main, dans la marge, par les douze précédents possesseurs de la carte, tous disparus aujourd'hui.

J'ai passé des heures penché sur ce plan, à en examiner chaque centimètre carré, à recopier dans mes dossiers toutes les informations qu'il contient, afin de pouvoir témoigner dans un livre comme celui-ci et dénoncer publiquement la conspiration à laquelle j'essaie d'échapper. Ce plan contient une foule de détails captivants, découverts au fil des ans par toutes sortes d'explorateurs, d'enquêteurs, d'artistes de cirque, mais le plus fascinant est qu'il montre ce que découvrirent les trois jeunes Baudelaire à ce point de notre récit.

Parfois, la nuit, quand le sommeil me fuit, je me lève, j'ouvre le coffret, je récupère la clé qui ouvre le coffret plus grand, je ressors le plan et, à la bougie, je parcours des yeux une fois de plus la ligne de pointillés indiquant le souterrain qui part du 667, boulevard Noir et aboutit à cette trappe que les enfants Baudelaire ouvrirent à l'aide de leurs similipinces-monseigneur. Une fois de plus, je lorgne et relorgne ce point de la ville où les orphelins ressortirent au grand jour ; mais j'ai beau lorgner, relorgner, rerelorgner encore, je n'en crois toujours pas mes yeux – pas plus que Violette, Klaus et Prunille n'en crurent leurs yeux ce jour-là.

Les trois enfants étaient restés si longtemps dans l'obscurité qu'il leur fallut un moment pour s'accoutumer à la lumière du jour, moment qu'ils employèrent à se frotter les yeux, se demandant où donc ils venaient de déboucher. Soudain, encore à moitié aveuglés, ils distinguèrent une silhouette humaine à vingt pas de là.

– Pardon monsieur, dit Violette bien haut. Nous voudrions aller à la salle Sanzun, c'est très urgent. Pourriez-vous nous indiquer le chemin, s'il vous plaît ?

– Deu… deu… deuxième carrefour à g… à gauche, par là… bredouilla la silhouette, et les enfants, leurs yeux s'accoutumant, virent qu'il s'agissait d'un facteur, un facteur un peu ventru qui les regardait d'un drôle d'air. S'il… s'il vous plaît, ajouta-t-il en reculant, ne m… ne me faites pas de misères.

– Des misères ? On n'a aucune intention de vous en faire, dit Klaus, essuyant ses lunettes poudrées de cendres.

– C'est ce que disent tous les fantômes, marmotta le facteur. Et ils vous font des misères quand même.

– Mais on n'est pas des fantômes ! dit Violette.

– Pas des fantômes ? Et vous croyez que je vous crois ? Je vous ai vus sortir de ces cendres, je vous ai bien vus ! Les gens le disaient, que c'était hanté, ici, depuis que la maison Baudelaire a brûlé. Maintenant, je sais qu'ils avaient raison.

Et il s'éclipsa sans laisser aux enfants le temps de répondre – mais de toute manière ils étaient sans voix.

Une longue minute encore, ils clignèrent des yeux dans le soleil du matin, et pour finir ils constatèrent que le facteur avait dit vrai. Non pas en les traitant de fantômes, bien sûr ; ils n'étaient que trois enfants sortis d'un souterrain débouchant sur un gros tas de cendres. Mais il avait dit vrai pour ce qui était de l'endroit.

Brusquement, ils eurent très froid, et ils se blottirent les uns contre les autres comme s'ils étaient encore sous terre et non au soleil du matin, debout au milieu des décombres de ce qui avait été leur maison.

Chapitre XII

Plusieurs années avant la naissance de Violette, la salle Sanzun avait remporté le Grand Prix de la Porte du Siècle, décerné chaque année à la plus somptueuse entrée de la ville.

Si le hasard mène un jour vos pas devant cet édifice, vous comprendrez pourquoi le jury attribua le prestigieux trophée – une informe statuette en or rose – à cette porte en bois poli, aux exquises charnières de cuivre et à la poignée superbe, faite de cristal étincelant, second au monde par sa pureté.

Malheureusement, les enfants Baudelaire n'étaient pas en situation d'apprécier ce raffinement architectural. Violette bondit en haut du perron la première et saisit la poignée d'une main décidée, sans une pensée pour la trace de suie qu'elle allait laisser sur le cristal.

Par parenthèse, à la place des trois orphelins, jamais je n'aurais eu à pousser la Porte du Siècle. Trop heureux d'avoir échappé au filet de Gunther, j'aurais fui à l'autre bout de la planète pour m'y terrer jusqu'à la fin de mes jours. En tout cas, je n'aurais sûrement pas recherché un nouveau face-à-face avec ce dangereux criminel – face-à-face qui ne va rapporter à nos infortunés orphelins qu'une double ration d'infortune. Mais ces trois-là avaient plus de courage que j'en aurai jamais, et c'est à peine s'ils marquèrent une pause pour rassembler le courage en question.

« Derrière cette porte, songeait Violette, se trouve notre dernière chance de démasquer Gunther et de déjouer ses plans diaboliques. »

« Derrière cette porte, songeait Klaus, se trouve notre dernière chance de délivrer Isadora et Duncan. »

« Soroudzou », songeait Prunille, autrement dit : « Derrière cette porte se trouve la réponse au mystère V.D.C. et à cette nouvelle énigme : pourquoi un souterrain secret menait-il aux décombres de notre maison ravagée par l'incendie qui nous a privés de nos parents et nous a jetés dans cette série noire dont nous ne sommes toujours pas sortis ? »

Droits comme des I – à croire que leurs colonnes vertébrales étaient du même acier trempé que leur courage –, les trois enfants reprirent leur souffle, puis Violette poussa la porte de la salle Sanzun.

Instantanément, ils se retrouvèrent au cœur d'un incroyable tohu-bohu, mot qui signifie ici : « immense foule chic dans une immense salle immensément chic ». Le plafond était d'une hauteur vertigineuse, le parquet brillait à vous rendre aveugle, et le jour entrait à flots par une imposante baie vitrée qui avait manqué de peu, l'année précédente, le Grand Prix de la Fenêtre du Siècle. Trois bannières monumentales pendaient au plafond, l'une exhibant en lettres géantes le mot « ENCHÈRES », l'autre exhibant en lettres gigantesques le mot « *IN* », et la troisième, deux fois plus titanesque encore, exhibant un monstrueux portrait de Gunther.

Deux cents personnes au moins se pressaient là, debout, et les orphelins virent d'emblée que c'était une foule chic : tout le monde, ou presque, était en costume rayé ; tout le monde, ou presque, avait à la main son pschitt-persil dans un grand verre givré ; tout le monde, ou presque, grignotait, le petit doigt en l'air, l'un des amuse-gueules au saumon offerts par des serveurs ensaumonés – le *Café Salmonella* étant manifestement le traiteur chargé de l'événement.

Les enfants Baudelaire, quant à eux, n'avaient pas une seule rayure sur le dos. À la place, de la tête aux pieds, ils étaient couverts de crasse et de suie, et sans nul doute ces messieurs-dames *in* auraient plissé le nez, outragés, s'ils avaient posé les yeux sur le trio. Mais tous les regards étaient braqués vers le fond de la salle, et pas un seul ne se tourna pour voir qui venait d'entrer.

Au fond de la salle Sanzun, perché sur une petite estrade derrière la bannière à sa gloire, Gunther parlait dans un micro. À sa gauche, sur une sellette, trônait un vase de verre décoré de fleurs bleues. De l'autre côté de la sellette, alanguie dans un fauteuil chic, Esmé contemplait Gunther d'un air d'adoration, comme s'il était la Huitième Merveille du monde et non le dernier des scélérats.

– Lot n° 46, excusez ! annonça Gunther dans le micro.

Les enfants sursautèrent. Tout à leurs exercices d'escalade et de spéléologie, ils avaient complètement oublié ce simili-accent étranger.

– *Ach so*, mesdames et messieurs, voyez vase avec fleurs bleues. Vase *in*. Verre *in*. Fleurs *in*, excusez, particulier couleur bleue. Mise à prix, quatre-vingt-dix. *Ach so*, qui dit mieux ?

– Cent ! lança une voix dans la foule.

– Cent cinquante ! lança une autre.

– Deux cents ! lança une troisième.

– Deux cent cinquante ! enchérit la première.

– Deux cent cinquante-trois ! risqua une autre.

– On arrive juste à temps, chuchota Klaus à Violette. V.D.C., c'est le lot 50. Qu'est-ce qu'on fait ? On démasque Gunther tout de suite, ou on attend qu'il en arrive au 50 ?

– Je ne sais pas trop, répondit Violette tout bas. On était tellement occupés à sortir du trou qu'on n'a même pas réfléchi à un plan d'action.

– Deux cent cinquante-trois, qui dit mieux ? demanda Gunther dans son micro. Deux cent cinquante-trois, une fois... deux fois... trois fois, adjugé ! Venez prendre vase, excusez. Donnez argent, s'il vous plaît, à Mrs d'Eschemizerre ici, excusez.

Une dame en tailleur rayé s'avança jusqu'à l'estrade et tendit une liasse de billets à Esmé, qui sourit jusqu'aux oreilles et lui remit le vase en échange. Les enfants Baudelaire frissonnèrent. Voir Esmé recompter la liasse avec ce sourire de requin, puis la ranger tranquillement dans son sac rayé, alors qu'Isadora et Duncan, pendant ce temps, étouffaient dans un lot, bâillonnés, c'était à vous donner la nausée.

– Évomir ! clama Prunille, autrement dit : « C'en est trop ! Dénonçons ce qui se trame dans cette salle. »

– Dites, les enfants ! intervint une voix – et les orphelins virent un monsieur à lunettes noires se retourner vers eux, l'air sévère, et agiter dans leur direction son canapé au saumon. Veuillez avoir l'amabilité de sortir immédiatement. Ceci est une vente aux enchères. Pas une garderie pour mioches mal débarbouillés.

– Mais on est *censés* être ici, monsieur, hasarda Violette tout en réfléchissant furieusement. On est venus retrouver nos tuteurs.

– Ne me faites pas rire ! dit le monsieur à lunettes noires, qui semblait n'avoir jamais ri de sa vie. Qui voudrait s'encombrer de petits galapiats comme vous ?

– Jérôme et Esmé d'Eschemizerre, répondit Klaus. Nous habitons chez eux, boulevard Noir.

– Ha ! fit l'homme. Facile à vérifier ; on va voir ça tout de suite. Jerry ! Tu peux venir par ici, un peu ?

Au son de sa voix, deux ou trois têtes se tournèrent et posèrent les yeux sur les enfants, mais le reste de l'assistance conserva son attention entière à Gunther qui venait de passer au lot n° 47, une superbe paire de chaussons de danse, excusez, entièrement en chocolat blanc. Jérôme se détacha d'un petit groupe et se dirigea vers le monsieur à lunettes noires pour voir de quoi il s'agissait. Lorsqu'il avisa les enfants, les bras lui en tombèrent – ce qui n'est qu'une façon de parler, par bonheur, car il tenait un verre à la main, plein à ras bord de pschitt-persil.

– Vous trois ? Ici ? Les bras m'en tombent. Ou, comme on disait de mon temps, j'en suis complètement baba. Enfin, je veux dire, j'en suis surpris. Surpris, mais néanmoins ravi. Esmé m'avait expliqué que vous n'étiez pas en forme, ce matin.

– Autrement dit, Jérôme, tu connais ces enfants ? s'enquit l'homme aux lunettes noires.

– Bien sûr que oui, je les connais. Ce sont les orphelins Baudelaire. Ceux dont je te parlais tout à l'heure.

– Ah bon, fit l'homme, se désintéressant de la question. Bien bien. Si ce sont des orphelins, passe… Mais entre nous soit dit, Jerry, tu pourrais les rendre plus présentables !

Et il s'éloigna nonchalamment.

– Je déteste qu'on m'appelle Jerry, confia Jérôme aux enfants. Mais bon, je ne discuterai pas ; j'ai horreur des discussions. En tout cas, bien content de vous voir ici ! Dois-je comprendre que vous vous sentez mieux ?

Il tenait à la main un canapé au saumon entamé, malgré son horreur avouée du saumon. Sans doute n'avait-il pas voulu discuter avec les serveurs non plus.

Les enfants échangèrent des regards lourds. Se sentir mieux ? Ils en étaient loin. Ils sentaient même venir le découragement. Répéter à Jérôme qui était réellement Gunther, à quoi bon ? Il allait refuser de discuter. Lui révéler le rôle d'Esmé, à quoi bon ? Il allait refuser de discuter. Lui dire que les enfants Beauxdraps étaient enfermés dans un lot, à quoi bon ? Il allait refuser de discuter. Non, ils ne se sentaient pas mieux du tout. Ils comprenaient trop bien que le seul être au monde capable de les aider était de ceux qui baissent les bras, de ceux à qui les bras tombent pour un rien.

– Menrov ? s'enquit Prunille.

– « Menrov » ? répéta Jérôme, penché vers la toute-petite avec son gentil sourire. Et que signifie donc « menrov » ?

– Je peux vous le traduire, proposa Klaus en hâte. (Peut-être, oh ! peut-être existait-il encore un moyen d'amener Jérôme à intervenir sans pour autant l'obliger à discuter avec quiconque ?) « Menrov » signifie : « Jérôme, vous voudriez bien nous rendre un service ? »

Violette et Prunille se tournèrent vers leur frère, stupéfaites. En réalité, « menrov » signifiait :

« Bon, alors, finalement, on lui dit tout ou pas ? » Mais les deux sœurs gardèrent le silence. À coup sûr, Klaus avait de bonnes raisons de mentir à leur tuteur.

– Mais évidemment que je suis prêt à vous rendre un service, répondit Jérôme. De quoi s'agit-il, au juste ?

– Euh, dit Klaus, en fait, j'ai commis une petite erreur de traduction : c'est plutôt une faveur qu'un service. Voilà. Il y a un lot de cette vente qui nous fait très, très, très envie, à mes sœurs et moi. On se demandait si vous voudriez bien l'acheter pour nous, en cadeau.

– J'imagine que oui, dit Jérôme. Je ne savais pas que vous vous intéressiez aux articles *in*.

– Oh si ! dit Violette, entrant dans le jeu. C'est le lot n° 50 qui nous fait tant envie. V.D.C.

– V.D.C. ? fit Jérôme. C'est-à-dire, en clair ?

– Euh, c'est une surprise, improvisa Klaus. Vous voulez bien l'acheter pour nous ?

– Si vous y tenez tant, dit Jérôme, pourquoi pas ? Mais attention, je ne veux pas non plus faire de vous des enfants gâtés. En tout cas, vous arrivez à point nommé. Apparemment, Gunther vient d'adjuger ces chaussons de danse en chocolat, le lot n° 50 n'est plus très loin. Venez, allons surveiller les enchères depuis l'endroit où j'étais à l'instant. On y a une excellente vue sur l'estrade, et vous allez même y retrouver un ami à vous.

– Un ami à nous ? s'étonna Violette.

– Vous allez voir.

Ils virent. De l'autre côté de la salle, sous la bannière « IN » où les mena Jérôme, Mr Poe toussait dans son mouchoir blanc, un verre de pschitt-persil à la main.

– Les bras m'en tombent, dit le banquier, sa quinte de toux achevée. Que faites-vous donc ici, les enfants ?

– Et vous aussi, que faites-vous ici ? s'étonna Klaus. On vous croyait en hélicoptère, en route pour un nid d'aigle ?

Mr Poe se détourna, le temps d'une petite quinte.

– Cette histoire de nid d'aigle s'est révélée une

fausse piste. J'ai maintenant tout lieu de penser que les jumeaux Beauxdraps ont été embauchés de force dans une fabrique de colle blanche, non loin d'ici. Je dois m'y rendre sous peu, mais je me suis permis, en passant, de faire un petit crochet par les Enchères *In*. En tant que sous-directeur, j'ai été un peu augmenté, et ma femme m'a demandé d'essayer de lui rapporter quelques éléments de décor marins.

– Mais les… commença Violette.

– Chut ! coupa Mr Poe. Mr Gunther met en vente le lot n° 48, et c'est celui que je convoite.

– Lot n° 48, excusez ! annonça Gunther. (L'œil luisant derrière son monocle, il observait la foule d'un regard aigu, mais ne semblait pas avoir encore repéré les enfants Baudelaire.) Est grande statue de poisson, peinte rouge, excusez. Très gros, très beau, très *in*. Assez grand pour dormir dans poisson, si d'humeur, excusez. Mise à prix, quatre-vingt-dix. Qui dit mieux ?

– Moi, Gunther ! lança Mr Poe. Cent !

– Deux cents, enchérit une voix dans la foule.

Klaus se dressa sur la pointe des pieds pour parler à l'oreille de Mr Poe sans être entendu de Jérôme.

– Mr Poe, s'il vous plaît... Il y a une chose qu'il faut que vous sachiez au sujet de Gunther. (C'était sans grand espoir, mais il fallait essayer. Si Mr Poe voulait bien se laisser convaincre, ce ne serait même plus la peine de berner ce pauvre Jérôme.) Mr Poe, Gunther est...

– ... commissaire-priseur, c'est évident ! s'impatienta Mr Poe. Deux cent six !

– Trois cents ! riposta l'autre preneur.

– Non, Mr Poe, intervint Violette. Justement pas. Gunther n'est pas commissaire-priseur, pas plus que moi. En réalité, c'est le comte Olaf. Déguisé, une fois de plus.

– Trois cent douze ! enchérit Mr Poe, et il se tourna vers les enfants, sévère. Cessez de dire des inepties ! Le comte Olaf est un criminel. Gunther n'est qu'un étranger. Il y a un mot, je ne sais plus lequel, pour désigner la phobie des étrangers. Je suis très étonné de voir chez vous cette phobie.

– Quatre cents ! lança l'autre voix.

– Oui, je sais, dit Klaus. Ce mot, c'est « xénophobie ». Mais il ne s'applique pas ici, parce que Gunther n'est pas non plus un étranger. Il n'est ni commissaire-priseur, ni étranger, ni Gunther !

Mr Poe ressortit son mouchoir, et les enfants attendirent, polis, la fin de cette nouvelle quinte.

– Ce que vous dites là n'a ni queue ni tête, décréta Mr Poe, repliant son mouchoir. Et maintenant, laissez-moi finir d'acheter ce décor marin. Quatre cent neuf !

– Cinq cents ! contra l'autre voix.

– Bon, tant pis, je renonce, se résigna Mr Poe, toussant dans son mouchoir derechef. Cinq cents, c'est beaucoup trop pour une statue de poisson, même de cette dimension.

– Cinq cents, qui dit mieux ? demanda Gunther avec un grand sourire à l'adresse de quelqu'un dans la foule. *Ach so !* cinq cents, une fois… deux fois… trois fois, adjugé, vendu ! Si l'acheteur veut bien, excusez, venir apporter argent à Mrs d'Eschemizerre, s'il vous plaît…

– Hé ! regardez donc, les enfants ! dit Jérôme. Regardez qui vient d'acheter le poisson géant : le portier !

– Portier ? s'étouffa Mr Poe, tandis que le portier, dans son manteau trop grand, tendait à Esmé un gros sac de pièces et saisissait à bras-le-corps, non sans grimacer, l'énorme statue de poisson posée sur l'estrade. Un portier ? Je suis surpris qu'un portier puisse s'offrir des emplettes aux Enchères *In*.

– Il m'a dit qu'il était acteur, aussi, l'informa Jérôme. C'est un personnage très intéressant. Ça vous amuserait de faire sa connaissance ?

– Volontiers, c'est bien aimable à vous, dit Mr Poe, toussotant dans son mouchoir. Je rencontre toutes sortes de gens intéressants, décidément, depuis ma promotion.

Le portier passait justement, soufflant et ahanant, le poisson sur son dos comme un sac de charbon. Jérôme lui tapota l'épaule.

– Venez donc par ici, mon brave, que je vous présente Mr Poe.

– Pas le temps, grogna le portier. Faut que j'aille charger ce gros truc dans la camionnette du patron, et… (À la vue des enfants, il eut un sursaut.) Mais… qu'est-ce que vous faites ici, vous trois ? Vous n'étiez pas censés quitter l…

– Oh ! pas de problème, le rassura Jérôme.

Mais le portier n'écoutait pas. Il avait fait volte-face – non sans manquer de peu, avec sa queue de poisson, renverser deux ou trois costumes rayés –, et il lançait à pleine voix, vers l'estrade :

– Eh ! patron ! (Gunther et Esmé étirèrent le cou avec ensemble.) Les orphelins ! Ici !

Esmé en resta bouche bée, si saisie par l'effet de surprise qu'elle faillit bien laisser choir sa bourse, mais Gunther se contenta de braquer sur les enfants, à distance, ses petits yeux horriblement luisants, avec et sans monocle. Les enfants se raidirent. Ce regard, ils le connaissaient. C'était celui de leur ennemi juré quand son esprit diabolique tournait à plein régime, derrière un sourire d'homme du monde qui s'apprête à faire de l'esprit.

– *Ach !* lança-t-il au portier, forçant sur son accent étranger. Orphelins *in* ! Pas de problème orphelins ici, excusez !

Esmé leva un sourcil interrogateur, puis elle eut un petit geste évasif et, de sa main griffue, elle fit signe au portier que tout allait bien. L'homme haussa une épaule sous son chargement, puis, avec un sourire étrange en direction des enfants, il reprit le chemin de la sortie.

– Nous allons sauter lot n° 49, excusez ! annonça Gunther dans son micro. Nous faisons enchères sur lot n° 50, s'il vous plaît, et ensuite, excusez, Enchères *In* terminées.

– Mais… et les autres lots ? s'informa quelqu'un.

– Supprimés, répondit Esmé, désinvolte. De toute façon, pour aujourd'hui, j'ai gagné assez d'argent.

– Gagné assez d'argent ? Dans la bouche d'Esmé ? murmura Jérôme. On aura tout vu.

– Lot n° 50, excusez ! annonça Gunther.

Un assistant vint déposer un énorme carton

sur l'estrade. Il était aussi gros que la statue de poisson – d'un format idéal pour cacher deux enfants. Sur ses flancs était écrit V.D.C. en grosses lettres noires, et les enfants eurent tôt fait de repérer de petits trous percés dans le carton, sur le dessus. En pensée, ils voyaient leurs amis, recroquevillés dans cette boîte, terrorisés sans doute à l'idée d'être emportés clandestinement loin, très loin de la ville.

– V.D.C., excusez, dit Gunther. Mise à prix, dix-neuf. Qui dit mieux ?

– Vingt ! lança Jérôme, avec un clin d'œil aux enfants.

– V.D.C. ? Qu'est-ce donc ? s'informa Mr Poe.

– Une surprise, répondit Violette. (Le temps manquait pour entreprendre de tout expliquer au banquier.) Si vous restez jusqu'à la fin, vous verrez.

– Cinquante ! dit une autre voix.

Les enfants se retournèrent vivement. Le second enchérisseur était le monsieur aux lunettes noires, celui qui avait voulu les faire sortir.

– Curieux, glissa Klaus à ses sœurs. Pas l'impression qu'il fasse partie de la bande de Gunther.

– Va savoir, chuchota Violette. Ils ne sont pas toujours faciles à repérer.

– Cinquante-cinq ! enchérit Jérôme.

Esmé le regarda d'un air dur et décocha aux enfants Baudelaire une œillade féroce.

– Cent ! lança l'homme aux lunettes noires.

– Dieux du ciel, les enfants, dit Jérôme, ça commence à devenir chérot ! Vous êtes sûrs que vous tenez tant à ce lot ?

– Comment ? se récria Mr Poe, vous faites cet achat pour les enfants ? Je vous en prie, Mr d'Eschemizerre, ne commencez pas à les gâter !

– Ce n'est pas une gâterie ! plaida Violette, redoutant de voir leur tuteur renoncer. S'il vous plaît, oh, s'il vous plaît, Jérôme, achetez-nous le lot 50 ! On vous expliquera tout à la fin.

– Bien, soupira Jérôme. Après tout, il est normal que vous ayez envie de petites choses *in*, vous aussi, de temps à autre. À vivre au contact d'Esmé… Cent huit !

– Deux cents, renchérit l'homme aux lunettes noires.

Les enfants se tordirent le cou pour mieux voir à quoi il ressemblait, mais il n'évoquait rien de familier.

– Deux cent quatre ! lança Jérôme, et il se tourna vers les orphelins. C'est ma dernière offre, les enfants. Ce lot n° 50 monte beaucoup trop haut, et ce petit jeu ressemble bien trop à une discussion pour me plaire.

– Trois cents, dit l'homme aux lunettes noires.

Les enfants échangèrent des regards catastrophés. Que faire ? Leurs amis allaient leur échapper des mains !

– Oh ! Jérôme ! implora Violette. Je vous en supplie, achetez-nous ce lot !

Mais Jérôme, pour une fois, demeura inflexible.

– Un jour, vous comprendrez. Il ne vaut pas la peine de dépenser des sommes folles pour des stupidités.

Klaus en appela à Mr Poe :

– Mr Poe, s'il vous plaît, vous voudriez bien

nous prêter un peu d'argent, juste une petite avance sur notre héritage ?

– Pour acheter une espèce de grand carton ? Jamais de la vie, dit Mr Poe. Pour un décor marin, passe encore. Mais je ne veux pas vous voir, à votre âge, gaspiller des sous pour une boîte dont on ne sait même pas ce qu'elle contient.

– Trois cents, qui dit mieux ? Personne ? lança Gunther à la ronde, et il glissa de biais, à Esmé, un petit clin d'œil derrière son monocle. Une fois... deux fois...

– Mille !

Gunther se figea. Une nouvelle enchère pour le lot n° 50 ?

Esmé ouvrit de grands yeux, puis sourit jusqu'aux oreilles à l'idée de glisser cette somme dans sa bourse déjà replète. À travers la salle, chacun cherchait des yeux l'enchérisseur audacieux, et nul ne soupçonnait que l'enchérisseur en question n'était pas plus gros qu'un salami.

– Mille ! répéta Prunille de sa petite voix aiguë, et ses aînés en eurent le souffle coupé.

Ils savaient, bien évidemment, que leur petite sœur n'avait pas le premier sou de cette somme ; mais ils espéraient, comme elle, que ce rebondissement allait au moins enrayer la catastrophe.

– Et d'où Prunille tient-elle sa cagnotte ? demanda Jérôme à Mr Poe.

– Euh, au temps où les enfants étaient en pension, Prunille a travaillé comme secrétaire, je crois. Mais j'étais loin de me douter qu'elle avait gagné autant.

– Mille ! soutint Prunille – et Gunther finit par céder.

– L'enchère du plus offrant s'élève à présent à mille, annonça-t-il dans le micro, puis il s'aperçut qu'il parlait trop bien et ajouta : Excusez.

– Grands dieux ! dit l'homme aux lunettes noires. Je ne vais certainement pas mettre plus de mille là-dedans. Ça n'en vaut vraiment pas la peine.

– Pour nous, si ! s'écria Violette, véhémente.

Et les trois enfants, d'un pas résolu, se dirigèrent vers l'estrade.

L'assistance médusée suivait des yeux ces trois acquéreurs de format réduit, qui laissaient derrière eux une petite traînée grisâtre. Jérôme avait l'air complètement baba. Mr Poe avait l'air estomaqué, mot qui signifie ici : « au moins aussi baba que Jérôme ». Esmé avait l'air mauvais. L'homme aux lunettes noires avait l'air de quelqu'un qui voit une affaire lui passer sous le nez. Et Gunther avait l'air de s'amuser prodigieusement, et de plus en plus.

Violette et Klaus grimpèrent sur l'estrade et hissèrent leur petite sœur à leurs côtés, puis ils se plantèrent devant Gunther, leurs yeux lançant des éclairs.

– Donnez l'argent, s'il vous plaît, à Mrs d'Eschemizerre, excusez, leur dit Gunther avec son sourire aux dents longues. Et ensuite, vente terminée.

– La seule chose terminée, dit Klaus, c'est votre odieuse machination.

– Silko ! approuva Prunille.

Et, de ses petites dents redoutables – quoique encore un peu douloureuses de ses récents exploits –, elle entreprit d'éventrer ce carton, avec précaution tout de même, de peur de blesser Isadora et Duncan.

– Dites ! siffla Esmé ulcérée. Défense d'ouvrir ce carton avant de l'avoir payé ! C'est totalement illégal !

– Il est bien plus illégal encore de vendre des enfants aux enchères ! éclata Klaus. Et toute la salle va bientôt voir à quel trafic vous vous livrez !

– Qu'est-ce qui se passe ? demanda Mr Poe, et à son tour il gagna l'estrade à grandes enjambées.

Jérôme lui emboîta le pas, abasourdi, les yeux tour à tour sur sa femme et sur leurs trois jeunes pupilles.

– Les triplés Beauxdraps sont là-dedans, expliqua Violette, tout en aidant Prunille à dépecer le lot. Gunther et Esmé voulaient les emmener clandestinement au diable vauvert.

– Quoi ? s'écria Jérôme. Esmé ! C'est vrai, cette histoire à dormir debout ?

Esmé ne répondit pas, mais de toute manière la réponse était dans le carton.

À pleines mains, à belles dents, les enfants s'efforçaient de mettre en pièces l'emballage. Bientôt, une couche de fin papier blanc apparut sous le carton épais, à croire que Gunther avait empaqueté les jeunes Beauxdraps de ce papier dont on enveloppe les chocolats de luxe.

– Courage, Duncan ! dit Violette au contenu du carton. Plus qu'une seconde ou deux, Isadora ! On vous sort d'ici tout de suite !

Mr Poe toussa dans son mouchoir blanc.

– Enfants Baudelaire, voyons ! Je tiens de source sûre que les jeunes Beauxdraps sont dans une fabrique de colle blanche, et non pas dans un carton.

– C'est ce qu'on va voir, répondit Klaus.

À cet instant, Prunille donna un coup de dent décisif. Avec un bruit d'irréparable, le carton s'éventra en deux par le milieu, et son contenu se répandit sur l'estrade. Ici, il faut revenir à un mot laissé sans définition trois chapitres plus tôt. Un « leurre » est certes parfois un poisson – rouge ou d'une autre couleur –, un faux poisson doublé d'un hameçon, fait pour tromper et attraper du poisson plus gros. Jadis, c'était un faux oiseau de cuir doublé d'un appât, utilisé par le fauconnier pour faire revenir son faucon. Mais plus généralement, un leurre, c'est tout ce qui attire et trompe et dupe. Un artifice fait pour berner, pour diriger sur une fausse piste.

Maître Gunther, en préparant sa vente aux enchères, y avait glissé un double leurre.

Chapitre XIII

– Des napperons en dentelle de papier ! enragea Violette. Ce carton est plein de napperons de papier !

Et c'était vrai. Éparpillés sur l'estrade et

continuant de se déverser du carton éventré, des centaines et des centaines de napperons en dentelle de papier se répandaient là, de ceux qu'on glisse sous les gâteaux, sous les bouteilles et sous les verres, les jours de fête.

– Évidemment que ce sont des napperons de papier, dit l'homme aux lunettes noires, gagnant l'estrade à son tour – et, lorsqu'il releva ses lunettes sur son crâne, les enfants virent pour de bon qu'il n'était pas un sbire de Gunther, mais un simple enchérisseur en costume rayé. Je pensais les offrir à mon frère pour son anniversaire. C'est de la Véritable Dentelle de Calais, enfin, bien imitée. Du simili en papier de première qualité. Que croyiez-vous donc que c'était ?

– Oui ! lui fit écho Gunther avec un sourire d'alligator. Que croyiez-vous donc que c'était ?

– Je ne sais pas, moi, hésita Violette, puis l'aplomb lui revint. Mais je sais que les Beauxdraps n'ont sûrement pas découvert le secret de la Véritable Dentelle de Calais, et encore moins en papier ! Où les avez-vous cachés, Olaf ?

– Qu'est donc Olaf, excusez ? demanda Gunther d'un ton innocent.

– Allons, Violette ! plaida Jérôme. Je croyais que nous étions convenus de ne plus discuter de Gunther ? Veuillez excuser ces enfants, Gunther. Je crois qu'ils sont un peu malades.

– On n'est pas malades du tout ! cria Klaus. On a été roulés ! Bernés ! Ce lot de napperons était un leurre !

– Mais le leurre était le lot n° 48, objecta une voix dans la salle.

– Les enfants, déclara Mr Poe, je suis très choqué par votre conduite. À vous voir, on dirait que vous n'avez pas pris de douche depuis huit jours. Vous dépensez des sommes folles à des achats ridicules. Vous n'arrêtez pas d'accuser les gens d'être le comte Olaf déguisé. Et maintenant, regardez ce souk que vous venez de faire avec ces napperons de papier ! Quelqu'un va déraper sur ces petites choses glissantes et se casser une jambe. J'espérais que les d'Eschemizerre sauraient vous élever mieux que ça.

– Oui, eh bien, nous ne les élèverons plus du tout ! riposta Esmé. Pas après le spectacle qu'ils viennent de nous donner. Mr Poe, j'exige que ces enfants soient retirés de ma tutelle immédiatement. Avoir des orphelins n'en vaut vraiment pas la peine, que ce soit *in* ou pas.

– Esmé ! se récria Jérôme. Ils n'ont plus de parents ! Où veux-tu qu'ils aillent ?

– Toi, ne discute pas ! Et je vais te le dire, où ils peuvent aller. Ils peuvent très bien…

– Venir vivre avec moi, excusez ! acheva Gunther, refermant une main osseuse sur l'épaule de Violette. (Et Violette frissonna au souvenir du jour où ce triste individu avait voulu l'épouser[1].) *Ach !* ces enfants j'aime tellement. Je serais si heureux, excusez, d'élever trois enfants à moi.

Il abattit son autre serre sur l'épaule de Klaus et leva un pied comme pour poser sa botte sur Prunille, afin d'avoir mainmise sur le trio entier.

---

1. Voir le tome I, *Tout commence mal…*

Mais son pied n'atterrit pas sur Prunille. Il atterrit sur des napperons de papier, et la prédiction de Mr Poe sur le haut risque d'accident lié à ces petites choses glissantes se révéla d'une grande justesse. Avec un *slosh !* suggestif, Gunther se retrouva sur le dos dans la dentelle, agitant bras et jambes au milieu d'une marée de napperons.

– Excusez ! glapissait-il. Excusez !

Mais plus il se débattait, plus il glissait, glissait, glissait vers le bord de l'estrade.

Les enfants interloqués regardaient la dentelle de papier ondoyer autour d'eux avec des chuchotis soyeux, et soudain ils entendirent deux bruits sourds, l'un après l'autre, deux bruits de chute, comme si Gunther, dans ses contorsions, venait de faire tomber quelque chose.

Ils cherchèrent des yeux d'où provenait le son et virent les bottes de Gunther qui gisaient au bas de l'estrade, l'une aux pieds de Jérôme, l'autre aux pieds de Mr Poe.

– Excusez ! aboya Gunther qui se démenait pour se relever.

Mais lorsqu'il fut enfin debout, toute l'assistance avait les yeux sur ses grands pieds.

– Dites, vous avez vu ? lança l'homme aux lunettes noires. Le commissaire-priseur était pieds nus dans ses bottes. Pas très hygiénique !

– Oh ! et regardez, dit un autre, il a un napperon coincé entre deux orteils. Pas très confortable !

– Hé ! s'écria Jérôme, il a un œil tatoué sur la cheville ! Ce n'est pas Gunther !

– Ce n'est pas un commissaire-priseur ! renchérit Mr Poe. Ce n'est même pas un étranger ! C'est le comte Olaf !

– C'est bien plus que le comte Olaf ! gloussa Esmé, rejoignant l'imposteur à travers la dentelle. C'est un génie ! Un merveilleux professeur d'art dramatique ! C'est le plus bel homme de la ville, et le plus *in* de tout le pays !

– Ne dis donc pas de sottises, l'arrêta Jérôme. Les criminels qui enlèvent des enfants n'ont rien de *in* !

– Très juste, reconnut le comte Olaf – et quel soulagement de pouvoir le désigner enfin par son vrai nom ! (Il jeta son monocle par-dessus son épaule et prit Esmé par la taille.) Nous ne sommes pas *in*, nous sommes *out* ! *Out*, comme « hors » ! Hors de cette salle, hors de la ville, hors d'atteinte !

Là-dessus, avec un glapissement aigu, il saisit Esmé par la main, bondit à bas de l'estrade et, jouant des coudes, déguerpit en direction de la sortie.

– Hé ! cria Violette, attention, ils vont filer !

Sautant à bas de l'estrade à son tour, elle s'élança à leur poursuite, aussitôt imitée de Klaus, et de Prunille à quatre pattes.

Mais Olaf et Esmé avaient les jambes plus longues, avantage dont ils savaient jouer aussi bien que de l'effet de surprise. Le temps pour les enfants de gagner la bannière à l'effigie de Gunther, et déjà les fuyards passaient sous la bannière « ENCHÈRES ». Le temps pour les enfants d'atteindre la bannière « ENCHÈRES », et déjà les fuyards passaient sous la bannière « *IN* », franchissaient la Porte du Siècle et dévalaient le perron.

– Juste ciel ! s'écria Mr Poe. Nous n'allons pas laisser ce scélérat nous échapper pour la sixième fois. Vite, vous tous ! Il faut le rattraper ! Cet homme est recherché pour un assortiment complet de crimes et délits en tout genre !

La petite cohorte *in* s'ébranla comme un seul homme en costume rayé – sans compter quelques dames en tailleur rayé –, et libre à vous d'imaginer, si près de la fin de l'épisode, qu'avec pareille armée à ses trousses Olaf était fait comme un rat. Libre à vous d'imaginer qu'il fut rattrapé, ainsi qu'Esmé, que les jeunes Beauxdraps furent libérés, que le mystérieux sigle V.D.C. livra enfin ses secrets, que l'énigme du souterrain menant à l'ancienne demeure Baudelaire fut éclaircie et que, pour fêter l'événement, on organisa un immense goûter avec glace au chocolat à volonté pour toutes les personnes présentes.

Si vous préférez cette fin heureuse, ce n'est pas moi qui vous en blâmerai. Parfois, la nuit, quand mon cher plan de la ville ne suffit plus à me réconforter, je ferme les yeux et j'imagine les trois enfants à ce fabuleux goûter plutôt qu'au milieu de ces napperons de papier, assurément fort élégants mais assurément fort nuisibles. Car le pire est encore à venir, et il est de mon devoir de le rapporter ici.

Lorsque Olaf et Esmé ouvrirent la porte à la volée, un violent courant d'air balaya la grande salle. Les napperons, qui s'étaient calmés, prirent leur vol comme autant de sauterelles, flottèrent un instant au-dessus des têtes, puis retombèrent sur le parquet juste derrière les enfants.

Le charivari qui s'ensuivit résiste à la description. En un clin d'œil, toute la troupe lancée au pas de charge se retrouva par terre, méli-mélo sans nom de rayures et de dentelle. Mr Poe tomba sur Jérôme ; Jérôme tomba sur l'homme aux lunettes noires ; les lunettes noires tombèrent sur la dame qui avait acheté le lot n° 47 ; le lot n° 47 chut, se fracassa, et les éclats de chocolat rendirent plus glissants encore les trois napperons qui gisaient là ; les trois napperons firent choir cinq poursuivants de plus ; ceux qui venaient par-derrière trébuchèrent par-dessus ; et c'est ainsi que la salle Sanzun ne fut plus qu'un magma de bras et de jambes rayés.

Mais les enfants Baudelaire ne se retournèrent pas sur la dernière trahison des napperons. Ils sortirent de la salle à leur tour, les yeux sur les deux longues silhouettes qui descendaient les marches quatre à quatre et détalaient en direction d'une camionnette noire.

Au volant de la camionnette était assis le portier, qui avait enfin roulé les poignets de ses manches trop longues. Et la tâche n'avait pas dû être aisée, car, comme le constatèrent les enfants, le portier n'avait pas de mains, mais deux crochets luisants à la place.

– L'homme aux crochets ! s'étrangla Klaus. Dire qu'il était sous notre nez depuis le début !

Le comte Olaf se retourna, la main sur la poignée de la portière.

– Oui, sous votre nez, parfaitement ! Et bientôt vous l'aurez sur le dos, et pour finir à la gorge. Car je reviendrai, enfants Baudelaire, je reviendrai ! Sitôt en poche les saphirs Beaux-draps, je m'occuperai de vous et de votre petite fortune !

– Gonépi ? s'égosilla Prunille, et Violette traduisit aussitôt :

– Où sont Duncan et Isadora ? Où les avez-vous emmenés ?

Olaf et Esmé se tournèrent l'un vers l'autre, et ils éclatèrent de rire tout en montant à bord de la camionnette.

De son pouce griffu, Esmé désigna l'arrière du véhicule.

– Deux leurres valent mieux qu'un, n'est-ce pas ? Ils étaient aussi gros l'un que l'autre, et vous avez gobé les deux !

Les enfants regardèrent le plateau de la camionnette. Là, arrimée par des cordes, était couchée la grande statue de poisson, équipée d'un hameçon à peine visible.

– Isadora et Duncan ! hurla Klaus, tandis que le moteur démarrait. Olaf les a enfermés dans ce poisson !

Les enfants dégringolèrent les marches… et, pour la dernière fois, libre à vous de refermer ce livre et d'inventer une fin plus heureuse que celle qu'il me faut raconter. Rien ne vous empêche, par exemple, d'imaginer qu'à la seconde où ils atteignirent la camionnette, les enfants entendirent le moteur caler, au lieu d'entendre le coup de Klaxon narquois dont les salua le chauffeur en emmenant ses patrons. Rien ne vous empêche d'imaginer qu'ils virent le leurre géant s'ouvrir et leurs amis Beauxdraps en sortir, au lieu de voir les ongles d'Esmé s'agiter à la portière tandis qu'elle lançait : « *Ciao*, les enfants ! » Et rien ne vous empêche d'imaginer qu'alors ils virent trois voitures de police surgir à l'angle de l'avenue, toutes sirènes hurlantes, à point nommé pour cueillir les fripouilles, au lieu de voir la camionnette noire disparaître à ce même angle, emportant fripouilles et butin.

Mais vos fins imaginaires seraient du toc, comme tout ce qui est imaginaire. Du toc ou du simili, aussi faux que le commissaire-priseur qui avait retrouvé les orphelins Baudelaire boulevard Noir, aussi faux que l'ascenseur sans cabine et sans câbles, aussi faux que la tutrice qui précipita ses pupilles dans le vide d'une cage d'ascenseur. Du toc pour tromper, pour cacher : Esmé camouflait son plan diabolique derrière sa réputation de sixième conseiller financier de la ville ; le comte Olaf camouflait son identité derrière un monocle et des bottes noires ; et le passage secret camouflait sa noire destination derrière une porte d'ascenseur. Mais pour ma part, quoi qu'il m'en coûte, je ne camouflerai pas derrière une fin heureuse en toc les tristes réalités sur lesquelles s'achève l'épisode.

Plantés sur le perron de la salle Sanzun, les trois enfants Baudelaire pleuraient de rage et de désespoir à la pensée que le comte Olaf fuyait en enlevant leurs amis. Et ce n'est pas la vue de Mr Poe, de la fausse dentelle de Calais dans les cheveux et une expression de panique dans les yeux, qui allait les rasséréner.

– J'appelle la police, dit-il. Ils vont l'arrêter en un rien de temps.

Mais les enfants savaient que cette affirmation était en toc, elle aussi, autant que l'accent étranger de Gunther. Le comte Olaf avait tous les trucs, il se moquait bien de la police ! Et je suis au regret de dire qu'à l'instant même où deux policiers retrouvaient la camionnette noire au pied de la cathédrale St. Carl, abandonnée, le moteur tournant encore, Olaf avait déjà transféré les enfants Beauxdraps des entrailles du poisson à celles d'un étui d'instrument de musique, noir et luisant, et expliquait à un chauffeur de bus qu'il s'agissait d'un tuba qu'il apportait à sa tante. Les trois enfants regardèrent Mr Poe regagner la salle des ventes pour demander où se trouvait le téléphone le plus proche, et ils comprirent qu'une fois de plus le banquier n'allait pas être d'une efficacité remarquable.

– Je sens que Mr Poe va être d'une efficacité remarquable, annonça Jérôme en rejoignant les enfants. (Il s'assit avec eux sur les marches pour tenter de les réconforter.) Il va appeler la police et fournir une description complète du comte Olaf.

– Mais le comte Olaf est toujours déguisé,

rappela Violette, asséchant ses pleurs. On ne sait jamais à quoi il va ressembler, jusqu'au moment où on pose les yeux sur lui.

– Eh bien ! je vais faire en sorte que plus jamais, jamais vous ne posiez les yeux sur lui, promit Jérôme. Il semble qu'Esmé soit partie – oh ! je ne discuterai pas avec elle –, mais, moi, je reste votre tuteur. Et je vais vous emmener loin, très loin d'ici, si loin que vous oublierez le comte Olaf, et ces pauvres triplés Beauxdraps, et tout le reste.

– Oublier le comte Olaf ? dit Klaus. Impossible. Nous nous souviendrons de lui et de sa vilenie jusqu'à la fin de nos jours, où que nous soyons.

– Et jamais nous n'oublierons Isadora et Duncan, dit Violette. Jamais. D'ailleurs, je ne *veux* pas les oublier ! Il faut trouver où Olaf les emmène, et comment les délivrer.

– Tercouf ! ajouta Prunille, ce qui signifiait, en gros : « Et tout le reste non plus, nous ne voulons pas l'oublier – ni le passage secret qui menait aux décombres de notre maison, ni le vrai sens caché de V.D.C ! »

– Mes sœurs ont raison, dit Klaus. Il faut retrouver Olaf, délivrer nos amis et découvrir tout ce que le comte nous cache.

Jérôme eut un frisson.

– Retrouver Olaf ? Sûrement pas ! Car nous n'allons pas le chercher ! Au contraire, nous allons tout faire pour qu'il ne nous retrouve pas, lui. Je suis votre tuteur, et je m'oppose absolument à ce que vous vous lanciez sur la piste d'un individu aussi peu recommandable. Vous verrez : vivre avec moi, à l'abri de tout danger, sera cent fois plus agréable.

– C'est sûr, reconnut Violette, ce serait plus agréable. Mais nous ne le pouvons pas. Nos amis sont en grand danger. Nous devons *absolument* essayer de les sauver.

Jérôme se redressa sur ses jambes d'échassier.

– En ce cas, je ne discuterai pas. Si votre décision est prise, votre décision est prise. Je n'ai plus qu'à demander à Mr Poe de vous chercher un nouveau tuteur.

– Vous voulez dire, hésita Klaus, que… vous n'allez pas nous aider ?

Jérôme poussa un gros soupir et embrassa chacun des enfants sur le front.

– J'ai beaucoup d'affection pour vous, enfants Baudelaire, mais je n'ai pas votre courage. Votre mère disait toujours que c'était ce qui me manquait, le courage. Et elle avait raison, je pense. Bonne chance, vous trois. Vous en aurez besoin.

Et les enfants, désemparés, regardèrent Jérôme s'éloigner sans un regard en arrière. Les yeux embués, ils le virent disparaître. Plus jamais ils ne reverraient l'appartement d'Eschemizerre au soixante-sixième étage du 667, boulevard Noir ; plus jamais ils ne dormiraient dans leurs vastes chambres ; plus jamais ils n'enfileraient leurs costumes rayés bien trop grands. Sans être aussi ignoble qu'Esmé ou que le comte Olaf, Jérôme était un tuteur en toc, lui aussi. Parce qu'un vrai tuteur est censé vous offrir son soutien, en plus de son affection et d'un toit sur la tête. Tout ce que Jérôme leur avait offert, pour finir, c'est un souhait de bonne chance. Et les enfants Baudelaire étaient de nouveau seuls au monde.

Violette ravala un soupir, les yeux sur le coin de rue où le comte Olaf avait disparu.

– J'espère que mes talents d'inventrice vont tenir bon, murmura-t-elle. Je ne crois pas que la chance nous suffise pour délivrer Isadora et Duncan.

Klaus ravala un soupir, les yeux sur le bas de l'avenue, en direction des décombres de l'ancienne maison Baudelaire.

– J'espère que mes talents d'investigateur vont tenir bon, murmura-t-il. Je ne crois pas que la chance nous suffise pour percer le mystère du souterrain menant à notre ancienne maison.

Prunille ravala un soupir, les yeux sur un napperon de papier tombé par terre au bas des marches.

– Mordicus, murmura-t-elle, autrement dit : « J'espère que mes dents tiendront bon. Je ne crois pas que la chance nous suffise pour découvrir à quoi correspond vraiment le sigle V.D.C. »

Ils échangèrent des sourires ténus. Ils savaient qu'ils pouvaient compter sur les talents d'inventrice de Violette, sur les talents de chercheur de Klaus et sur les dents de castor de Prunille. Mais plus encore ils savaient qu'ils pouvaient compter les uns sur les autres, sans jamais, jamais faillir comme Jérôme venait de le faire en baissant les bras au premier obstacle – ou comme Mr Poe était en train de le faire en commençant par se tromper de numéro, et par décrire le comte Olaf au patron d'un restaurant vietnamien au lieu d'un commissaire de police.

Les pires orages pouvaient frapper, et tous les faux-semblants de l'univers essayer de les duper, les enfants Baudelaire savaient que toujours ils se tiendraient les coudes, tous les trois.

Et peut-être était-ce, à cet instant, la seule chose au monde vraiment vraie.

FIN

TABLE DES MATIÈRES

LEMONY SNICKET a été naguère défini comme un gentleman raffiné, fin lettré, amateur de belles choses, et ses proches le confirmeraient s'ils étaient encore en vie. Hélas, ce portrait flatteur a été fortement mis à mal ces temps derniers, mais la maison HarperCollins continue de lui apporter son soutien, lui permettant ainsi de poursuivre ses enquêtes et de relater la vie des orphelins Baudelaire.

Rendez-lui visite sur Internet à http://www.harperchildrens.com/lsnicket/
E-mail : lsnicket@harpercollins.com

BRETT HELQUIST est né à Gonado, Arizona, il a grandi à Orem, Utah, et il vit aujourd'hui à New York. Il a étudié les beaux-arts à l'université Brigham Young et, depuis, n'a plus cessé d'illustrer. Ses travaux ont paru dans quantité de publications, dont le magazine *Cricket* et le *New York Times*.

ROSE-MARIE VASSALLO a un faible pour les escaliers, bien accordés à son esprit (surtout à vis, surtout sans fin), quoiqu'elle ait récemment renoncé à les descendre à cheval sur la rampe. Comme elle nourrit une égale passion pour les souterrains (surtout secrets), elle s'est littéralement délectée à traduire cet épisode, malgré quelque scrupule à tirer plaisir des infortunes de son prochain.

À mon éditeur attentionné

Bien cher éditeur,

Navré pour ce papier détrempé, mais je vous écris depuis l'endroit où étaient tenus cachés les deux triplés Beauxdraps.

La prochaine fois que vous serez à court de lait frais, allez refaire le plein à la supérette Panett et payez à la caisse n° 19. De retour chez vous, vous trouverez au fond de votre carton mon récit des heurs et malheurs - malheurs surtout - des enfants Baudelaire dans cette infâme bourgade, intitulé L'ARBRE AUX CORBEAUX, ainsi qu'un vestige de torche, une pointe de harpon et une carte des itinéraires migratoires des corvidés de l'endroit. Vous y trouverez aussi la copie d'une photo officielle du Conseil des Anciens, portrait de groupe dont pourra s'inspirer Mr Helquist dans son travail d'illustrateur.

Ne l'oubliez pas, vous êtes mon seul espoir. Sans vous, jamais le public n'aurait connaissance des aventures et mésaventures des trois orphelins Baudelaire.

Avec mes sentiments respectueux,

Lemony Snicket

Lemony Snicket

Cher lecteur,

Si tu n'as pas encore eu ton compte de malheurs, tu peux acheter d'autres épisodes de la série

LES DÉSASTREUSES AVENTURES DES ORPHELINS BAUDELAIRE

chez ton infortuné libraire. Il te les vendra peut-être, bien malgré lui, à condition que tu insistes longuement. En effet, le sort ne va cesser de s'acharner sur Violette, Prunille et Klaus…

N° d'éditeur : 10157746 – Dépôt légal : août 2009
Imprimé en France par CPI-Hérissey à Évreux (Eure) - N° 111923